集英社オレンジ文庫

要・調査事項です!

ななほし銀行監査部コトリ班の困惑

きりしま志帆

本書は書き下ろしです。

CONTENTS

NANAHOSHI BANK KOTORI GROUP
NEED TO INVESTIGATE!

ななほし銀行コトリ班の面々

小林 髙
TAKAMI KOBAYASHI
入行一年目にトラブルを起こし、営業部からコトリ班に異動になる。

矢岳瑛一
EIICHI YATAKE
三十代半ばのやさしげな男性だが、考えが読めないところがある。

多岐川千咲
CHISAKI TAKIGAWA
あまり表情の変わらないクールビューティー。年齢を聞いてはいけない。

イラスト／鉄雄

要調査事項です！

ななほし銀行監査部コトリ班の困惑

序章

お得意さまがクレーマーに化けた。モンスター級のクレーマーに。

いったい何が悪かったのか、未だに理由が分からない。

そういう無自覚が一番タチが悪いんだ――と高《たかみ》を責める声はあったけれど、昔から顔も頭脳も運動神経も軒並《のきな》み「そこそこ」と評価されてきた高のごく一般的な感覚からして、特に落ち度はなかったはずだ。

そもそも、その人は嫌なお客ではなかった。

地域密着型の地方銀行・ななほし銀行に就職し、初めて迎えた夏の盛り。ネクタイを風になびかせ愛用のカブで得意先を走り回り、しかしその日に限って一件も成約につながらなくて、すっかり蒸された頭で暑い、ツラいと思いながら飛びこみ営業を仕掛けた先。

「あんまりお金がないけど……いい機会だから積立始めてみようかしら」

そう、申し訳なさそうに差し出された五千円札は、支店に戻ったあとで先輩たちから

「それっぽっちか」と笑われたが、朝から方々《ほうぼう》でフラれ続けたその日の高にとっては天からの授かりものにも等しく、以来、毎月集金日が来るたびに感謝の気持ちをかみしめその家を訪問したものである。

それから、わずか半年後。

高の手には、『退職願』と書いた封筒がある。

それはもはや避けようのないことだった。

支店の同僚は近頃みな顔色が悪く、電話が鳴るたび店内の空気がピンと張り詰める。運悪くアタリを引いてしまった人は受話器を取った瞬間に顔から生気が抜け落ちて、十五分、二十分――悪ければ一時間近く電話を切らせてもらえない。全部クレーマーのせいだ。いや、そのクレーマーを引きこんだ自分のせい。

「……行くか」

ひとりごちて、高は無人のロッカールームを出た。

めずらしく男女とも、営業部員にまで制服が支給されているこの銀行。しかし、今日の高は自前のスーツを着こんでいる。成人式を迎えたときに祖父母が奮発してくれたものだ。合わせたアイスブルーのネクタイは姉が就職祝いに贈ってくれたもの。

当然、どちらもこんな場面で使われることは想定されていないはずだ。

――母ちゃん、姉ちゃん、じいちゃんばあちゃん、ごめん。

心の片隅でそう思いはすれど、戻る道はもうなかった。高がいなくなればクレーマーも大人しくなるに違いないのだ。いや、そうなってもらわなければ困る。

「――おはようございます」

後悔《こうかい》や未練をまとめて心の奥底にしまいこみ、支店長室のある二階へあがろうとしたときだった。高は、少し離れたところからそうあいさつされた。誰の声だかピンと来なくて振り返ると、知らない男が高のことを見ている。三十代半ばくらいだろうか。サラサラの髪をした、やさしげな顔立ちの人である。おそらく女性が五人いたら全員がイケメン判定する顔だ。男だったら「優男《やさおとこ》」と貶《おとし》めるかもしれないが。

誰だろう。高は軽く目をすがめた。

ここはななほし銀行ナノハナ支店の内部である。セキュリティは万全で、ＩＣチップ入りの職員証を通さなければ立ち入りができない。しかしよく見れば彼の首には赤い紐《ひも》がさがっていて、その先にはなな銀の企業キャラクター、ナナホシテントウのテンテンの顔が入った名札があった。同じ行員であることは明白だが、彼はこの支店の人間ではない。そもそも、彼は制服ではなくダークグレーのスーツ姿なのである。

――ああ、本部の人か。

各営業店の店長クラスと、顧客《こきゃく》と直接やりとりすることのない人事や総務といった本部勤務の職員には制服は支給されない。そういう人なんだろうと素早く結論づけ、高は軽くあいさつを返して先を急ごうとした。本部からの訪問は、別にめずらしいことでもない。

「――小林《こばやし》高さん、ですね」

思いがけず名前を呼ばれ、高はびくっとして振り返った。

「はい……そうですが。そちらは……？」

警戒しながら答えると、彼はにこやかに近づいてくる。改めて見ると、銀行員らしい堅苦しさがまるでない、不思議な雰囲気《ふんいき》を持った人だった。歩く姿も非常にスマートで、そのままブランドスーツのカタログに登場してもきっと違和感がない。

「本部から来ました。監査部の矢岳《やたけ》といいます」

「監査……」

テンテンの顔と『監査部』の肩書、『矢岳瑛一《えいいち》』という名前が印刷された名刺を渡され、つい今彼に持ったばかりの好印象が残らず吹き飛んだ。監査と聞けばやましいことがなくても緊張するものだが、今の高には身に覚えがありすぎる。

「あの、俺――」

と、つい、何も訊かれないうちに釈明を始めそうになると、監査官はそれらしくない、

やわらかな笑みを向けてきて、

「小林くん、業務用の携帯電話を見せてもらえるかな?」

「え……?　どうして……」

あっけにとられるうち、「これかな」と、胸ポケットから白いガラケーを抜き取られた。

営業部員に貸与《たいよ》されている業務用携帯電話は、顧客情報の塊《かたまり》。決まりどおり、いつもは落失防止のためにストラップを首にかけているのだが、始業前だからと油断して、紐を垂らしっぱなしにしていたのがよくなかった。

「あ、ちょっと」

とっさに手を伸ばしたが、監査官は流れるように身体《からだ》を逃がし、スマホ世代にはイマイチなじまないその二つ折りのケータイを、器用に片手で開いてみせる。

髙は、唾《つば》をのんだ。

業務用ケータイにロックは必須《ひっす》。だが、解除しなくても通知画面は見えてしまうはずだ。髙が朝イチで見なかったことにした画面。そこに浮かんだ、ゾッとするような文字。

——不在着信一〇八件、新着メール一四八件。

監査官は、眉《まゆ》ひとつ動かさず、吐息すら感じさせず、小さな画面を見つめた。

「か、返してください」

高が再び手を伸ばすと、監査官はまたも片手でぱたんとケータイを閉じ、「小林」のネームシールが貼られたそれを、当たり前のように自分の内ポケットにすべり落とした。

「これはしばらく預かるね」

「は……？」

「それから――これも」

今度は左手に持っていた封筒を抜き取られる。ゆうべ決死の思いで糊付《のりづ》けした封筒だ。自分の人生を左右する、重大な封筒。

「……な、なんなんですか……返してください……」

今の今まで提出するつもりでいたくせに、取りあげられると急に不安になって、高は監査官を上目に見た。なぜか笑みを返された。

なにがしたいんだか、さっぱり分からない。

それに、どうしてこの人はこんな、幼児の絵に目を細めるような顔をするのだろうか。

「さ、始業のベルが鳴るよ。制服に着替えよう」

ポンと高の背を叩いたあとで、監査官が二階へとあがっていく。

彼の指先でひらひら揺れる、まっ白な封筒。

ちょっと歪んだ『退職願』の三文字が、どうしてか酔っぱらったハエのように見えた。

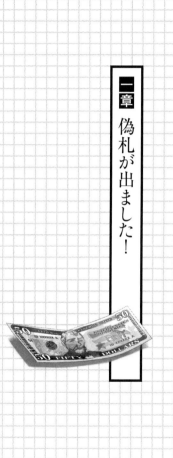

一章　偽札が出ました！

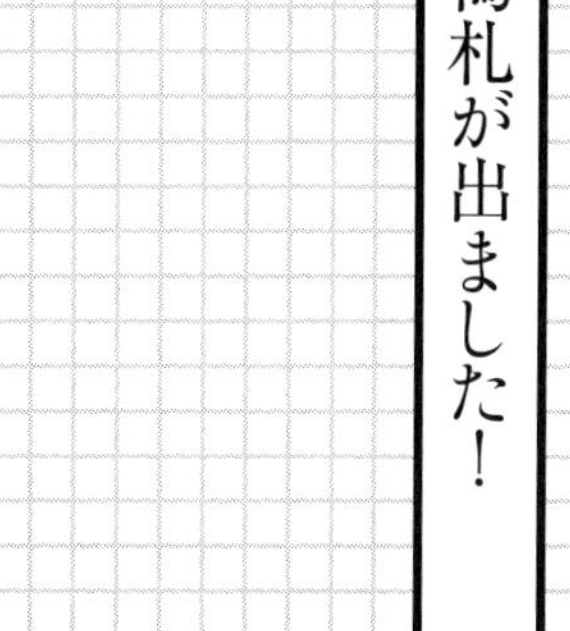

　桜が満開になったと夕方のローカルニュースで言っていた——と思っていたら、週末の天気予報は「荒れ模様」だった。お天気コーナーでは「お花見の予定のある方はぜひお早めに」と勧めていたが、こと髙《たかみ》に限っては、天候に関係なく予定を見送らざるを得なかった。

　四月一日。新年度の始まりである。

　寒さがひときわ厳しかった二月の半ば、崖《がけ》から飛び降りる思いで『退職願』を書いたはずの髙は、未だにテンテンのイラストが入った職員証を首からさげていた。

　ただし、着用しているのは制服ではなく、濃いネイビーのスーツである。

　あの日、監査官に持ち去られた業務用の携帯電話は、一時間後には支店長経由で髙の手元に返ってきた。だが、同時に持っていかれた『退職願』はあれきり戻ってくることはなく、受理されたのかどうなのか、確認する間もなく日々は過ぎ、年度末、いきなり支店長室に呼び出されて告げられたのだ。

「小林《こばやし》くん、四月から本部で頑張ってください」

「……え？」

「今日は内命の日です」

「え？」

「転勤。異動。栄転おめでとう」

「――え？　え？　え？」

高はそのときまったく話が理解できなかったが、続けざまに社宅の案内を渡され、制服の返納期限を切られ、その日から異動のあいさつと引き継ぎのために通常の倍の顧客《こきゃく》訪問を命じられた。

直後の金曜日には送別会でガーベラとカスミソウの花束をもらい、週末は「異動のときには同僚にお礼のハンカチを贈る」という銀行員の謎の慣習を守るべくデパートに走って、「これじゃ家出みたいね」と母親に苦笑されるくらい必要最低限の荷物だけをまとめて社宅に引っ越し。支店勤務最終日には各種書類に見つかった印鑑漏《も》れを片《かた》っ端《ぱし》から解消し、ロッカーの鍵《かぎ》や業務用ケータイ、営業鞄《かばん》を半分取りあげられるようにして返還し、「向こうでも頑張ってねえ。わたしのこと忘れないでねえ」と号泣する清掃《せいそう》のおばちゃんを必死に励《はげ》まして――つまり、落ち着いて状況を整理するヒマがないまま四月を迎え、今、本店に隣接する一〇階建てのビル――ななほし銀行本部ビルの前にいる。

地方都市ではなかなか大きなビルである。見上げれば、晴れ渡った青空の下で大きなガラス窓がきらりと光る。

周辺は市役所をはじめ官公省庁の分所や金融機関、大手企業の支店などが集まるいわゆるオフィス街になっているが、なな銀本部はとりわけ好立地にあり、上層階の窓からは、日本の名城のひとつに挙げられる美しい城を正面に見ることができる。

しかし、しっくりこない。

先日まで勤務していた支店が、カブで十分走れば田園風景が広がるような街にあったせいだろう。この辺りだって充分見知った土地だというのに、なんだか「おのぼりさん」の気分である。意を決してビルに入ればなおさら、見るからに優秀そうな人たちが足早にエントランスを行き来していて、強《こわ》ばった口元から本音がこぼれ出るのを止められない。

「……アウェイ感すげえ……」

「小林くん?」

ひとまず壁際に飾られた観葉植物の脇に立って案内図を眺めていると、横から声をかけられた。振り向けば「あ!」と弾んだ声が出る。髙に笑いかけていたのは、いつか出会ったサラサラヘアのイケメン監査官——髙の『退職願』を持ち去った、矢岳瑛一《やたけえいいち》だったのだ。

「おはよう。今日からよろしく」

「は、はい。よろしくお願いします!」

ほほえむ矢岳に、髙は勢いよく頭を下げた。

先ごろ出た内示で、髙は本部の中でも監査部の所属になることを知らされていた。そう、何の因果《いんが》か、この人と同じ部署なのである。

「あの……いつぞやは、どうも、ありがとうございました……」

どうあいさつするのが適切か分からず再びぺこりと一礼すると、矢岳はそよ風が吹くような軽やかさで、「こちらこそ」と答えた。

「ひとまず上にあがろうか。監査部に顔を出して、九時から辞令交付式があるから六階に……あ、監査部は三階なんだけど、階段でもいいかな。朝はエレベーターが混むんだ」

「あ、はい。あ――あの」

「ん？」

導かれるまま階段に向かい、まさに一段目に足をかけたとき、高は緊張しながら顔をあげた。振り向く矢岳は、あの日の印象のとおり少しも監査官っぽくなく、目が合った瞬間に誰もが心の閂《かんぬき》を外してしまうような、やさしげな面差《おもざ》しである。だが、高はそんな彼に対して続けるべき言葉を探して、でも最善のものを見つけきれず、黙ってしまった。

――あの『退職願』はどこに行ったんですか。支店長は何も触れなかったんですけど。言わなかったんですか。まだあれ、持ってるんですか。俺が異動になったのはあなたの計らいですか。どうしてですか――。

と、訊きたいことは山ほどあるのに、未練がましくななな銀の名札をさげてしまっている手前、どう切り出していいのか分からない。

　黙る高を不思議に思ったのか、矢岳が軽く首をかしげた。

「小林くん緊張してる？　心配することないよ。うちの班は小林くんが入ってやっと三人だし、僕ももうひとりもわりと歳《とし》が近いんだ」

「いえ、そうじゃなくて」

「じゃあ仕事の方？　それも大丈夫、今どきどこの部署もオン《O》・ジョブ《J》・トレーニング《T》でやってるから」

「それも違って！　えーと……俺、ナノハナ支店で問題起こしたのに——」

「うん。今日からまた頑張ろう」

　矢岳はさわやかに言って、階段をのぼり始めた。

　どこまでもスマートなその姿に、高はあっけにとられてしまう。

　どうやらこの人は、支店での出来事を全部水に流してしまったようだ。

　確かに、例のクレーマーは彼がナノハナ支店に立ち寄ったあとからパタリと抗議活動をやめ、高の異動が決まったころには支店内で話題にのぼることもなくなった。同僚にも笑顔が戻ったし、高が後ろめたい思いをすることもなくなった。問題はすっかり解決した。

　しかし、そこに至った明確な経緯は不思議と誰も把握《はあく》していない。タイミングからして、彼の臨店《りんてん》が無関係だったとは思えないのだが。

何かしてくれたんだろうか。訊けば答えてくれるだろうか。

気にはなるものの、「そのスーツ似合うね」と話を変えた矢岳は、細かいことは気にするなと言わんばかりだった。高は数ある疑問をいったん隅に押しやって、

「祖父母が買ってくれたんです」

と、それまでよりいくらか力をこめて答えた。

ちなみに、今日のネクタイは例のアイスブルーの一本で、それを留めるイニシャル入りのタイピンは三番目の姉がくれたもの。鞄は二番目の姉、靴《くつ》は母親のプレゼントで、少々傷が入った腕時計は父親の形見《かたみ》。緊張の新生活一日目を家族の愛でガチガチに固めてきたのは、高なりの覚悟の証《あかし》である。

高は階段を踏みしめ、矢岳に並んだ。

「矢岳さん。うちの班は三人だってお話でしたけど、監査部ってチーム制なんですか」

「うん、そう。担当が細かく分かれてて、僕らは『個人取引担当』。コトリって呼ばれることが多いから、覚えておいて」

「コトリ……なんかかわいいですね」

「響きだけはね」

ということは、実態は厳しいのだろうか。先読みして知らず顔を強ばらせていると、

「もうひとりはきれいな女性だよ」

と、さりげなくつけ加えられた。目が合うと、矢岳はにっこりする。

美人で釣ったら気が紛《まぎ》れるとでも思ったんだろうか。まあ紛れたのだが。

単純な高は、踊り場にある『2F／3F』の表示を見上げながら無自覚にニヤニヤした。

――きれいな人。どんな人だろう。すげえいい人とか、めちゃくちゃやさしいとか、そんなことは期待しないから、とりあえず無害な人であってほしい。

そういえば、昨年度ナノハナ支店に美人監察官が来たことがあった。「ヒアリングされる前に出発しろ」と上司からお達しがあったから、顔も名前も覚えられないうちに営業に出たのだが、長い髪に天使の輪が輝いていたことがやけに印象に残っている。あの人だろうか。そうなら毎日ちょっとずつ楽しくなるぞ――などと、高が勝手に期待をふくらませていると、

「つーか営業出身の監査官て、使えねぇの確実だろーが」

「確かに即戦力としてはまったく期待できないですけど」

階段をのぼりきったところでそんなやりとりが耳に飛びこんできた。前者は男、後者は女。どちらも比較的若そうな声だが、姿は見えない。どうも壁の向こうの会話が漏《も》れ聞こ

えてきたようだ。見れば近くに『監査部』と書かれたプレートが掛けられている。

ははは、と、高は内心で笑った。乾いた笑いである。

さすがにここで他人のことだと思うほど鈍くはない。壁の向こうで話題になっているのは、確実に自分。営業あがりの、即戦力として期待できない、使えないやつ。

事実だけにグサグサ刺さるが、想定の範囲内でもある。

公表されたとたん支店がざわめいた今回の人事。家族は「大出世だ！」と浮かれて特上寿司をご馳走《ちそう》してくれ、支店の同僚たちも「栄転おめでとう」と拍手で送り出してくれたが、高も五年一〇年の節目でもなく本部に送られる意味を察せないほど馬鹿ではない。

そして行員二年目で圧倒的に経験不足だということも事実で、さらに言うなら、一年間実務的な知識よりも営業スキルを伸ばすことを優先してきたこともまた事実。いきなり監査部に入ったところで役に立たないのは明白である。

「聞き流していいからね。片方はだいぶ口が悪くて、片方ははっきりものを言うタイプっていうだけだから」

同じく厳しい言葉が耳に届いていたのだろう、矢岳がさりげなく言った。慌てて取り繕《つくろ》うわけでもなく、二人を非難するような口調でもないのが、なんだか救いである。

「頑張ります」

気合を入れ直し、新天地への扉をくぐる。矢岳に続いて「おはようございます」と室内に声をかけると、あちこちからあいさつが返ってきた。

奥に向かって六つほどデスクの島がある、広々とした部屋だった。思っていたより規模が大きい。そして、意外に和気あいあいとしている。監査部といえば、銀行から不正を出さないように目を光らせる部署だ。もっと張り詰めた雰囲気《ふんいき》のところだと思っていた。

「おう、矢岳。そいつが新入りか？」

入り口のすぐそばで、そう言った人がいた。

三十代半ばくらいだろうか。カマキリみたいなシュッとした顔立ちで、髪はピシッとしたオールバック。銀縁《ぎんぶち》の細眼鏡《めがね》をかけて三つ揃《ぞろ》えのスーツをきっちり着て、先の尖った革靴を履《は》いて――銀行員というより「取り立て屋」と呼びたくなるような風体《ふうてい》で、高は内心ギョッとする。なかなかの長身であるうえに、左手をスラックスのポケットに突っこんでいるのがまた妙な迫力を呼んでいる。袖口《そでぐち》からのぞくゴツい高級時計も、すごいとか羨《うらや》ましいとかいう以上にやたらと威圧的である。

「小林くんだよ」

彼に答えた矢岳が、

「小林くん。この人、堤旺次郎《つつみおうじろう》っていうんだけど、安心して、うちの班の人ではないから」

「おいおい、寂しいこと言うなよ。お隣さんだろ。仲良くやろうぜ」

堤が軽い口調で抗議したが、矢岳は笑顔のままそれを聞き流し、「小林くんの席、ここね」と手前の席の椅子《いす》を引いた。入り口の正面だからか、ほかが六席一組で列を作っている中、ここだけは四席で一組の島である。

三人編成のチームだというから、ひとり一席ずつ、残る一席は作業台なのだろう。共用と思われるデスクには、書類の入ったプラスチックのカゴがいくつか積んであった。高の机の上には、すでに事務用品一式と名刺がひと箱、きちんと並べられている。

『ななほし銀行　監査部　調査課　個人取引担当』

それが高の新しい肩書。つくづくと眺めていると、

「客をモンスターに化けさせたっつーからどんなアホなやつが来るかと思えば、あんがいふつうだな。むしろ、ふつうすぎて面白くないっつーか」

じーっと高の横顔を見ていた「取り立て屋」から、痛烈な一撃をもらった。

遠慮《えんりょ》ねえなと片目をつぶりつつ、そういえば、さっき壁越しに聞こえていた「営業上がりの使えねえやつ」みたいなことを言っていたのもこの声だと気づいた。おそらく矢岳が「だいぶ口が悪い」と評した方。

高は、胃のあたりがずうんと痛んだことは気のせいにして、作り笑いした。

「すいません。だいたいのことが平均点です、俺」

「つまんねえ。一個くらいオモシロ設定ないのかよ」

心を殺して返した結果がそれでは、なんだか理不尽である。この人とはあまり関わらない方がいいのかもしれない。

「堤、タキさんは？」

「あー、なんか課長に呼ばれて……っておいおい、なんだなんだ」

フロアを見回した堤が、細い眉《まゆ》を大きく歪めた。見れば役職席と思われる独立した席の方から、巨大な段ボール箱がゆらゆらと宙を移動してきているのが目に留まる。いや、一応誰かが運んでいるのは分かるが、小柄なのだろう、その人の頭は完璧《かんぺき》に箱の向こうに隠れていて、傍目《はため》にはとても危なく見えた。その人は絶対に前も足元も見えていないはずなのだ。

「タキさん、大丈夫？」

矢岳が駆け寄ると、段ボールの向こう側から「大丈夫です」とやけにどっしりした声が答えた。いちおう女性のものだ。先ほど、壁の向こうで高を「即戦力としてはまったく期待できない」と評価していた声と同じである。

「代わるよ」

「大丈夫です。そこまでですし――」

言った瞬間、彼女が履いているピンヒールが床を這《は》うケーブルカバーに引っかかった。

うわ、と声が出たのは髙である。さっと手を出したのは矢岳と堤だ。矢岳がスマートに女性を支え、堤が強引に段ボール箱を取りあげる。

「タキさん、危ないよ」

「すみません」

「代われと言われたら代われよ、タッキー」

「すみません」

あまり気持ちが伴《ともな》っていなさそうな口調で両者に詫《わ》びつつ、段ボール箱の向こう側から顔を出した女性。おそらく三人目の班員だろう。和服が似合いそうな美人が、髙に目を留め小さく頭を下げてきた。

「おはようございます……」

あいさつしながら、髙はひそかに安堵《あんど》する。

きれいな人でも派手な女性には気後れしてしまうのだが、彼女は化粧《けしょう》も控えめで、身につけている装飾品はざっと見る限り赤いベルトの腕時計だけ。着ているのも白いシャツと黒のパンツスーツで、全体的にシンプルだ。ワンレングスのボブヘアがいかにもデキる雰囲気を漂わせていて、頼りになりそうに見える。

「小林くん。彼女、多岐川千咲《たきがわちさき》さん。うちのメンバーだよ。窓口出身で業務のことも詳しいから、いろいろ訊くといいよ」

「はい。よろしくお願いします、タキザワさん！」

「――多岐川、です」

「うわ、すいません！」

いきなりやってしまった。多岐川は「いえ」と言って、一応ほほえんだらしい。が、その笑みが薄すぎてかえって高をおののかせた。不愉快な気分を抑えているのか。もともと愛想がいいタイプではないのか。分からないからいっきに汗が噴きだしてしまう。

「タッキー怖えよ。新入りが泣くぞ」

「堤さんには負けますけど」

茶化す堤に返す声は、落ち着いていながらトーンが低い。

たちまち高の脳裏《のうり》に「取扱注意」の文字が走る。

これは、あれだ。美人は美人でも、クールビューティー。ぽろっと下ネタでも言おうものなら一発でセクハラ認定するタイプ。見た感じズバリと年齢を訊いてはいけない微妙なお年頃のようだし、左手の薬指に指輪がない。いろいろ気をつけなくては大変なことになる。

「こういうメンバーでやってるよ。改めて、よろしく」

威圧感たっぷりの取り立て屋に、静かな迫力のクールビューティー。横から穏やかに笑いかけてくる矢岳が、高の目には菩薩《ぼさつ》に見える。

「――ところでタッキー、この箱なんだよ」

「今日の小林くんのお仕事ですって」

言われて、高はピッと背筋を伸ばした。

絶対にしくじることができない、新天地での最初の仕事。眼鏡《めがね》のブリッジを押し上げながら箱をのぞく堤に続き、緊張しながら高も中を確認すると――なぜだろうか、箱の中には業務用と思われる飴玉《あめだま》の大袋が隙間《すきま》なく詰めこまれていた。

――なんだこれ。

『たっくんお疲れさまー。新しいとこ、どうだった？』

仕事帰り、夜道をトボトボ歩いていると、スマホにそんなメッセージが届いた。

これが恋人からのものだったらそれだけで気持ちが明るくなったかもしれないが、あいにく差出人は最近実家に住み始めた一番上の姉である。四歳と二歳の姪《めい》っ子・甥《おい》っ子も横から手を出しているのか、唐突《とうとつ》に「ホームラン！」と叫ぶ野球選手とか、「おぬしもワルよのう」とニヤニヤしている悪代官なんていう、よく分からないスタンプも送られている。

苦笑しつつ、『疲れた』と素早く返信。今度はパジャマ姿の子どもたちが飛び出さんばかりの勢いで「たっくん、がんばー！」と手を振る動画が送られてきて、一瞬で心が安らいだ。

緊張の本部勤め第一日は、いろんな意味で疲れた。

辞令交付式を終えて、矢岳に連れられ関係部署に異動のあいさつに回ったところまではよかったが、午後から本格的に始まった「仕事」が高の予想を超えていたのだ。そう、あの大量の飴玉だ。

高の常識では、監査部とは不正が行われないように監視・監督するために存在すると思っていた。だが、高が監査部でまず命じられたのは「飴玉を小袋に分けること」。

意味が分からない。

いや、説明されたので理屈の上では理解できている。

その飴玉は来たる年金支給日に全営業店で高齢者に配布する啓発用の物品で、袋の中には「特殊詐欺《さぎ》に注意！」というチラシと、テンテンのイラストがプリントされたポケットティッシュやメモ帳、ボールペンも同梱《どうこん》した。

どれだけ対策を打っても特殊詐欺は未だになくならないし、被害者は圧倒的に高齢者が多い。その高齢者が自ら集まってきてくれる年金支給日は注意喚起にはもってこいの日だ。それは高にも分かる。そして今回は警察と連携しての県下一斉の啓発活動で、地元のテレビ局も取材に来るという。見栄えよく啓発物品の数を増やしておきたい、という上層部の思惑《おもわく》も分からないでもない。

だが、どうしてその内職のような作業が自分のところに回ってくるのか。

即戦力にならないから？　昨年度揉《も》め事を起こしたペナルティ？　分からないまま、それでも一応シャツの袖《そで》をまくって作業していると、腑《ふ》に落ちないのが顔に出ていたのか、

『監査部が監査業務をするのはお客さまの大切な資産を守るため。啓発活動も、広い意味では同じだから』

と、向かいの席から多岐川に小言《こごと》をもらい、高のやる気メーターはそこでゼロに向かってパタリと針が倒れてしまった。誰も内職をやるために銀行員になったわけではない。

はーあ、と長いため息をつきながら、暗い空を見あげる。

大都市圏に比べれば田舎《いなか》には違いないが、それでも地元よりはやや都会である。街の灯

りに邪魔されて、あまり星が見えない。急に地元が恋しくなる。車で二時間も走れば帰れる距離だが、今はその二時間分の距離がやけに遠い。

「週末実家帰るかな……あ、いや無理か……」

そうしてつい、現実逃避しそうになったところで、社宅が見えてきた。

社宅と言っても、住宅地に建つふつうのアパートだ。本部への急な転勤や長期研修の宿泊所として会社が丸ごと一棟借り上げているもので、ありがたいことに家具家電付きである。おかげでスーツケースひとつ分の荷物を動かしただけでも当面の間は生活できそうだが、こまごました日用品は不足している。週末は車を走らせ、郊外のショッピングモールでまとめ買いする予定だ。それに、スーツやワイシャツも。これからは毎日着るので手持ちの分だけでは足りない。必然的にこちらもまとめ買いになる。当分は節約生活を強《し》いられそうだ。

再びため息つきつつ、『空き巣注意!』のポスターを横目に三階へあがろうと外階段に足をかけると、タイミングよく一階の角部屋のドアが開いた。あ、と、思わず声が出た。部屋から出てきたのは、あのクールビューティー、多岐川千咲だったのだ。

「……お疲れさま。今帰り?」

多岐川がそう声をかけてきて、高は「はい」と、ぎくしゃくとしてうなずいた。

「本店にいる同期が、飲みに誘ってくれて」

そう……と、多岐川は浅くうなずく。職場での隙《すき》のないパンツスーツはゆるいニットに、攻撃力の高そうなピンヒールはローヒールに代わっていたが、どことなく漂う静かな迫力は変わりない。髙の酔いは一気に醒《さ》めた。

「えーと……多岐川さんも、社宅なんですね」

「ええ。家賃安いでしょう？」

「破格っすよね。ありがたいっす」

少々おどけてみたが、多岐川は「そうね」と流すだけだった。なぜか真剣な顔をしていて、それがなんとなく気づまりで、髙は「じゃあ、また明日」と頭を下げてそそくさと階段をのぼり始める。まだ相手の性格もつかめていないし、初日から叱《しか》られた事実をまだ自分の中で消化しきれていないのだ。これ以上のやり取りは気が重い。

「あ、小林くん」

思いがけず呼び止められ、びくっとした。おそるおそる振り返ると、多岐川はなぜか重い病を告白するような顔をしていて、

「無駄遣いは控えなさいね。来月後悔《こうかい》するから」

「は……どういうことですか？」

「簡単な話。本部勤務は営業がない。営業手当の分だけ手取りが減る。それだけ」

それだけ、というにはあまりに大きな爆弾を、多岐川は投下していった。「じゃあ」と、軽く会釈《えしゃく》をした拍子に、耳元で大きく揺れる黒い髪。

一瞬ぼうっとして彼女を見送った高は、急に服に火がついたように、あわただしく自分の部屋に飛んで帰った。

革靴《かわぐつ》を脱ぎ散らかし、部屋の隅に積んだ荷物に手をつっこみ、給与明細を綴《と》じたファイルを探す。だが、ひととおり探ったあとに「そういえばこっちに持ってこなかった」ということを思い出すと、たちまち充電が切れたように、どさりとベッドに倒れこむ。

よく分からない仕事。やりにくそうな先輩。確実に下がる給料。

「……俺、やっていけんのか……？」

思わず弱音が口をついたが、高に応える声はない。

ただ、今この瞬間確実なことは、週末の買い出しは一〇〇円ショップを中心にしなくてはならない、ということだけである。


高が勤めるななほし銀行は、首都圏から遠く離れた一地方都市に本拠地を構える、老舗《しにせ》の地方銀行である。

大手都市銀行と比較すると預金保有残高は池と湖くらい差があるかもしれないが、地元での認知度と信頼度はすこぶる高く、「なな銀に就職した」というだけでご近所さんから「孝行息子」の称号をもらえるくらいの権威はある。

その、ななほし銀行本部ビル三階にて、

「小林くん、手が止まってる」

「あ、はい。すいません……」

向かいの多岐川から強い視線を向けられて、高はあわてて手元の書類に目を落とした。

異動して三日目である。

飴の袋詰め作業を意地になって終えたあと、高はいよいよ本格的な仕事に入った。

書面監査といって、前営業日に各営業店で行われたすべての取引の中で、一定の要件を満たすものについて、顧客《こきゃく》に対して確認を促す文書を発送する作業である。

例えば、高額の払戻しがあったときや、一日に複数回の高額送金をしたとき、外回りの営業部員が預かって手続きをしたものなどがそれに該当《がいとう》し、文書に記載された取扱いに心当たりがなければ、お客さま相談室に連絡をもらって監査部が調査に出向く、という流れ。

要は第三者による不正取引をいち早く発見するための制度である。

調査対象の取引については毎朝自動で出力されてくるので、そのデータを一枚ずつ封筒に入れて郵送するのだが、高がやっているのは最初の封入の作業。住所氏名は口座に登録されているものがそのまま印刷されてくるが、念のため間違いがないか、印字ミスがないかを一覧表と照査し、三つ折りにして窓付き封筒に入れるのだ。

その後、多岐川が一度封筒を開け、他人の調査票が混入していないか確認したのち、封をする。顧客への郵便物の発送は複数人で立ち合いを——というのは、なな銀に限らず個人情報取扱業者では常識だろう。

しかし静かだ。高はげんなりしながらまた書類を一枚封入する。

現在コトリ班のデスクにいるのは高と多岐川の二名であるが、この多岐川がどうも無駄話を嫌うようだ。先ほどのように高を注意することはあってもひと言で終了し、他の事務連絡も手短に完結。話が済んだら黙々と仕事を片付けていく。

その姿はまるで台座の上に飾られた抜身《ぬきみ》の日本刀。強烈に目を引かれるものの、不用意に手を伸ばしてはいけない感じがする。

もちろん、ともに働く身としては少しでも良好な関係を築いておきたいところなのだが、いかんせん彼女がそんなふうなので、今のところどこまで、どれくらいのノリで踏みこんでいいかはかりかねている。と、様子をうかがっていると、二度目の鋭い視線をもらった。

「小林くん。集中」

「はい、やります。すぐやります」

できないやつのレッテルを貼られる前に、高は、今度こそ目の前の仕事に神経を注いだ。

監査対象項目は複数あるので、作成すべき封筒の数は二〇をくだらない。のんびりやっているといつまでも時間を食ってしまうし、気を抜くとすぐに多岐川を待たせてしまう。

「小林くん、大丈夫？」

また高のところで渋滞させていると悟って焦っていると、ほんのりと笑みを含んだ声で呼びかけられた。矢岳である。

彼はコトリ班の班長であり、朝から部内の会議に出ていたが、ようやく終わったらしい。

多岐川と二人きり、という気の張る状況から解放された高は、ゆるゆると肩の力を抜く。

「お疲れさまです、矢岳さん。すいません、要領悪くて……」

「いいよ。手を抜くよりは時間がかかっても確実な方がいいからね」

ふわりと光のベールが降ってきそうな笑顔でフォローされて、心がとろけそうになった。

異動からこっち、高は彼に助けられてばかりだ。いつも穏やかで、質問すれば何でも丁《てい》寧《ねい》に答えてくれるし、聞きやすい。いてくれるだけで緊張が解ける。あの飴の袋詰めも手が空いた都《つ》度《ど》手伝ってくれたし、終わったときには「ごくろうさま」とコーヒーをごちそうしてくれた。髙のやる気メーターは気を抜くとすぐにゼロ方面に針が傾きがちだが、彼のフォローが入るたびにぐんと跳ね戻る。彼は部下のやる気を引き出してくれる、素晴らしい上司なのである。

「ありがとうございます、矢岳さん。もうちょっとスピードあげられるようにします！」

「うん。でも最初から無理しなくていいよ。これがメインってわけじゃないから」

「は……？　あ、はい……」

返事をしたものの、うなずいてもいいところだっただろうか。さすがに異動して三日で業務のすべてを把握《はあく》できるとは思っていないが、内職まがいの仕事のあとにやっと始めたことを「メインじゃない」と言われると、不安になる。ほかに何があるというのだ。

「あ、タキさん。あとで土井《どい》室長が来るって言ってた。ちょっと覚悟しておいて」

席に着いた矢岳が手帳を置きつつそう言うと、前傾で仕事に向かっていた多岐川がすっと背筋を伸ばした。長い睫毛《まつげ》が一度ゆっくり上下する。

「……覚悟がいる感じですか」

「たぶん」

「久々ですね。レベルどれくらいかな」

「うーん……あんまり深刻そうな顔色ではなかったけど」

矢岳が苦笑すると、多岐川は作業途中だった封筒の束を大きな目玉クリップで留め、机の上を片付け始めた。

「何かあるんですか」

たずねた高に、多岐川はこしの強そうな髪を耳にかけつつ、ふう、と小さく息をつく。

「お客さま相談室の室長が来るの。たぶん『要・調査事項です』って言ってね」

――要・調査事項？　って、コレじゃなくて？

明らかにそれまでとは何かが切り替わった多岐川と、「メインじゃない」と言われた監査票の束を交互に見、高はなんとなく雨降り前の空を見ているような気持ちになった。これは来そうだという、決していいものではない予感。

多岐川が、まっすぐに高を見た。

「小林くん。もしかしたらもうほかの人から聞いてるかもしれないけど」

「はあ……」

「うち、裏でクレーム処理班とか呼ばれてるから」

「え――え？」

「クレーム処理じゃないよ、調査だよ」

矢岳がやんわりと訂正《ていせい》を入れてくるが、「調査事項も根っこは全部クレームです」と、多岐川は野菜をぶつ切りにするような口調で断言する。

「うちは監査部所属だけど、店舗《てんぽ》に監査に入ったりはしないの。調査対象は主に個人のお客さまで、担当は融資以外の大部分。問題があって、要請があったら、お客さまのご自宅を訪問したり、最寄りの支店で面談したりして、解決を図るの」

「あ……なるほど。だからクレーム処理班……」

「クレーム処理じゃないよ。調査だよ」

あくまで矢岳は訂正するが、さすがに高は理解する。

行員二年目で前任は営業部。知識も経験も圧倒的に不足している高がいきなり監査部に配属なんて、どうもおかしいと思っていたのだ。そういうことなのだ。

「マジか……クレームはもう腹いっぱいなのに……」

無意識に口から本音がこぼれ落ち、数拍遅れて高はハッと口を覆《おお》った。重大なトラブルを引き起こして支店を出ることになった自分が、文句など言える立場ではない。

高は、おそるおそる二人の先輩を見た。多岐川は、そんなリアクションなどとっくに予想していたような顔だった。矢岳の方は「心配ないよ」と菩薩《ぼさつ》のような笑顔で、

「たいていのことは店舗とか相談室レベルで解決するから、面倒事が殺到することはないよ」

「は、はい……えーと……」

それは、言い換えれば「フロントラインで収拾《しゅうしゅう》がつかなかった案件がここに回ってくる」ということではないだろうか。

「大丈夫。いざとなったら警察も弁護士もいるんだから」

あっさり放たれた多岐川の一言は、少しもフォローに聞こえなかった。


「おはよう、コトリさんたち」

ほどなくして、コトリ班のデスクに来客があった。

ベージュのスーツがぱつんぱつんの、五〇歳くらいの小柄でふくよかな女性で、高が異動初日に矢岳に連れられ着任のあいさつをして回ったうちのひとり、お客さま相談室の土井室長である。

彼女は寿《ことぶき》退職が圧倒的多数を占《し》めていた時代に、結婚・出産・育児をこなしておとと上位役職に就《つ》き、働く女性のキャリアモデルとして社内報や地元新聞で取りあげられたことがある人物。思いきりのいいショートヘアが印象的で、高もよく覚えていた。

「多岐川、今日ヒマよね？」

それぞれとあいさつを交わしたあと、土井室長は多岐川の机に手をつき、にっこり笑った。

「肯定ありきの訊き方はやめてもらえません？」

多岐川は、年齢的にも役職的にもずいぶん上である室長に、意外にぞんざいな口を利《き》く。しかし室長は気に留める様子もなく、

「だってヒマでしょう。私が仕事をふらない限り」

「おっしゃるとおりですけど。――ここどうぞ」

多岐川が、土井室長のために椅子《いす》を引いた。多岐川の隣の、通常作業台になっている席だ。「ありがと」と、大きなお尻を椅子に据える室長は、こうして間近で見るとなんとなく親戚《しんせき》のおばさんのような印象だ。目が合うと、仔犬を見つけたように笑いかけてくる。

「いいわねえ、若い男子。いるだけで空気違うわ。うちの部署、女ばっかりで気をつかうのよね。多岐川、替わってよ」

「いきなり話がそれてますよ、土井さん。持ってきたんでしょう？　要・調査事項」

「あーもう、せっかち。だから三〇になっても結婚できないのよ」

「今それ関係ないですけど」

多岐川がうすくほほえんだ。その笑みの向こう側にどことなく灰色のオーラが見えた気がして、高はやはりそのへんは地雷だったのだと瞬時に察した。たった今危険地帯に踏み

こんでみせた張本人《ちょうほんにん》はコロコロと笑っているが、これが高だったらシャレにならない。

「室長、タキさんを指名したということは、調査対象は女性ですか」

矢岳が切り出すと、清涼な風が吹き抜けるかのように、微妙な空気が一掃《いっそう》された。さすがイケメン、影響力は絶大だ……と感心しているうちに彼も多岐川もすでに手帳を開いているのに気づいて、高も慌ててボールペンをノックする。

そうそう、と答えた室長が、ゆったり頬杖《ほおづえ》をついた。

「昨日相談室に苦情が入ったのよ。なな銀から出たお金に、偽札が入ってた——って」

「偽札⁉」

高は思わず声をあげた。

偽札が出るなんて、金融機関としてあってはならないことである。警察も介入するだろうし、大々的に報道されたら信頼もガタ落ち、預金の大量流出もありうる。ダメージは甚《じん》大《だい》だ。

「……でも、偽札って出ますかね？」

悪い想像が膨らむだけ膨らんだあと、風が吹き返すように冷静になった。

「どうして？」

たずねたのは多岐川である。高は「えーと」と一度頭を整理して、

「ほら、行内に入ってくる現金って、全部機械を通るじゃないですか。ATMとか、窓口の入出金機《キャッシャー》とか、出納機とか両替機とか」

「うん、そうね」

「そういう機械って全部真贋《しんがん》チェック機能ついてますよね。真券でも、油染みのついたやつとか、濡れて縮んだやつもエラーでハネるくらいだし、性能はいいはずです。まったくの偽札が入る余地はないと思うんですけど」

実を言えば、ななほし銀行では、資金の多くを機械内に収納して管理するようになっている。機械に計数させることで残高管理が楽になるし、機械操作時に職員証を通して履歴《りれき》を残すことで横領のリスクを減らすことができるからだ。

むろん、一千枚束の紙幣《しへい》や機械の収納量を越えた硬貨、顧客《こきゃく》に出すことができない傷んだ紙幣など、人の手で管理するものもあるが、普段の出し入れに使用する現金はもっぱら機械の中。つまり、銀行から出て行く現金は機械の真贋チェックを通った真券なのである。

「うん。いいね、小林くん。その考え、正しい」

「よかった、営業部員でもそれくらいは分かるのね」

よほど無知と思われていたのか、先輩二人に褒《ほ》められた。微妙に馬鹿にされている気がしないでもないが、ともかく、高の読みは間違っていなかったようだ。

「土井さん、小林くんの言うとおりですよ。偽造紙幣の混入はありえない。取引支店に差し戻して再度顧客対応をお願いすべきです」

　多岐川が主張すると、土井室長もそのあたりのことは承知の上だったんだろう、困ったように眉尻《まゆじり》を下げた。

「正直なところ私もないと思う。だけど相手の方は若い女性で、支店に問い合わせしたけど門前払いされたんでしょうね。相談室に電話かけてきて、今小林くんが言ったとおりのことをこちらが説明してる途中で、なんでか涙声になっちゃって」

「それでかわいそうになって調査受けちゃったんですか」

「だって、立腹している相手をなだめるのは得意だけど、泣いてる人をどうにかするのは慣れてないのよ、うちの部署」

「そんな理由ですか……監査部に感情は不要ですよ、土井さん」

　軽く言ってのける多岐川は、取りつく島もない。

「でもね、多岐川。新人くんが来たことだし、最初の案件としてはちょうどいいんじゃないかと思うのよ。今回は『偽札はあり得ない』っていう結論が先にあるから、どう説明してどう納得させるか、多岐川が見せてあげればいいのよ。コトリの先輩として」

「簡単に言いますね」

「それが仕事でしょう。――というわけで、矢岳くん、受けてくれない？　実際動くのは多岐川になると思うけど」

　はい喜んでー、と棒読みで答える多岐川。どう見ても積極的な姿勢ではないが、断固拒否というわけでもなさそうだ。班長に判断をゆだねるということだろう。答えを求めるように、全員の視線が班長のもとに集まってくる。その班長・矢岳は、左の手のひらに載せていた大判の手帳から土井室長へ、ゆっくり視線を移した。

「室長。その案件、他に引っかかっていることがありませんか」

「あらどうして、矢岳くん」

「室長らしい判断ではないので」

　矢岳はサラサラの前髪を左に払い、にこりとした。

「うちの業務内容を小林くんに体験させたい、というのは、ありがたいご配慮《はいりょ》だと思います。それに、お客さまの心情をおもんぱかって、というのも、ある程度理解できます。ですが……室長が『あり得ない』ことを前提に調査事項を持ってこられたこと、今までありませんからね。他に何かあるんじゃないかと」

「さすが矢岳くん。鋭い！　そう、引っかかっているの！」

　土井室長は、なんでか急にうれしそうに声のトーンをあげ、デスクの上に両肘をついて

身を乗り出した。そして一同がつられて前のめりになると、声をひそめ、まるで怪談でも語りだすかのような声音《こわね》で、

「実はその偽札、米ドルなのよ」

「え――？」

みなの声が重なる。

偽札は米ドル――アメリカのドル紙幣。日本円ではない。

そうなると、少し事情が変わりはしないか。

推測はできても断言するには知識も経験も足りない髙。そっと多岐川の顔色をうかがうと、彼女の力強い視線は班長・矢岳に一直線。そして矢岳は髙を見、

「小林くん、行ってみようか」

いい笑顔でそう言った。

土井室長は多岐川をせっかちだと言ったが、あながち間違っていないな、と髙は痛感した。

「調査に出るときは確実な記録を残すために必ず二人一組ね。わたしか矢岳さんに休みが

入ってたらほかの班から応援を——だいたい堤さんを借りるけど、小林くんが入ったからもう応援はいらないかもしれない。いずれにしても、ひとり暮らしの女性宅を訪問するときはわたしがメインで話します。で、外出のときは業務用ケータイを持って出る。班で一台だから、今日はわたしが持ちます」

社用の小さい軽自動車のナビを操作しながら、多岐川が怒濤《どとう》の勢いで説明する。調査依頼を受けてから、わずか十五分後のことである。

あれから、多岐川はあっという間に顧客にアポを取り、相手の住所を調べ、社用車の使用申請を済ませて「さあ行きましょう」とキャメル色の鞄《かばん》片手に高を急《せ》かした。持参すべきものがあるかどうかさえ分からない高はおたおたするばかりだったが、

「今日は身ひとつでいいから。さ、早く」

と、追いたてられたので、ひとまず運転免許証だけ握ってきた。監査官としては戦力外なのだ、せめてできることをやっておこうと運転手を買って出た次第である。

「目的地まで一時間弱……けっこうかかるわね」

ナビの到着予定時間を見ながら眉を寄せる多岐川。約束の時間は二時間後なので余裕だと思うのだが、彼女の感覚ではそうでないのかもしれない。

「県立大のそばですね」

高もナビをのぞく。その近辺に土地勘があるというほどではないが、友だちに付き合ってオープンキャンパスに行ったことがあるので、なんとなく分かる。

「学生ですかね。住所、アパートっぽいですよね」

「たぶんそう。電話もすぐにつながったし、時間の自由も利きそうだし。よかった、経験上学生さんはこっちの言うことをきちんと聞いて理解しようとしてくれる人が多いの。社会経験が浅い分ヘンな持論持ってないから」

「あー、たまにいますよね。よく分かんない主張を通そうとする人」

早速エンジンをかけ、ナビに従い大通りに出る。

県域は縦に長く、県立大学は県南地域にある。本部は県央だ。出発して、しばらくは国道沿いに南下することになる。この近辺は路面電車が走っているので運転には緊張を伴《ともな》うが、朝夕ほど交通量は多くなく、車の流れは順調。余裕を持って到着できそうだ。

「……あの、例の米ドルって外貨両替で出した分なんですよね。俺、実はよく分かってないんですが。外貨両替」

運転が落ち着いてきたところで、高はそう切り出した。

今回の目的は、「支店から偽札を持たされた」と主張する顧客に「偽札が出ることはありません」という事実を理解してもらうこと、である。

その「偽札が出ることはあり得ない」の部分は、矢岳も多岐川も土井室長も当たり前のこととしているのだが、なぜ当たり前なのか、高にはきちんと分かっていない。外貨両替は営業部員の取扱いが禁じられている業務なので、高はその具体的な仕組みを知らないのだ。

「そもそもナノハナ支店は取扱いがなかったでしょう。外貨両替は大きい店舗《てんぽ》でしか取扱いがないの。地方じゃ需要《じゅよう》もそう多くはないし……やってるところは一〇店舗くらい？」

そんなことも知らないのかと馬鹿にされるかと思ったが、多岐川は意外にまともに答えてくれた。ホッとした高は、さらにたずねてみる。

「実際どうやってやるんですか。専用の両替機があるんですか」

「うちは外貨に関しては機械管理してないわね。両替って言っても経理上は銀行が顧客に外貨を販売する、銀行が顧客から外貨を買い取る、っていう形になってるし、日本円の両替の感覚とは少し違うの。取扱いできるのは紙幣だけだし」

そこでナビが右に曲がれと指示してきたので従い、少し進みながら考える。

「……機械管理じゃなかったら、ぶっちゃけ偽札が出る可能性がありませんか」

「ありません」

素人《しろうと》考えは間髪《かんはつ》容《い》れずに切り捨てられた。

「販売用の外貨は提携先の海外銀行から取り寄せる新券だけ。偽札が入りこむ余地はないの」

「でも買い取った分の紙幣の中に偽札が入ってたり……」

「それもない。外貨を買い取るときは鑑別機にかけて真贋チェックするし、買い取った外貨は販売用とは別に管理して、営業終了後に本店あてに即日発送するのがルール。本店に集まった買取外貨は海外銀行で日本円に交換されるから、偽札は絶対に混じらないの」

なるほど、なな銀から顧客に出す外貨は信頼あるルートからしか入ってこないし、そのルートは純粋な一本道ということだ。

「隙《すき》ないっすね」

「当たり前でしょう。銀行なんだから」

いやいやあなたのことですよ——と、高は心の声で続けた。

業務のことを質問したのだから当然と言えば当然だが、感心するほど彼女はぶれない。

会話が続けばちょっとくらい砕《くだ》けるんじゃないかと期待したのに。

しばらく黙考《もっこう》したのち、高はクールな横顔に向けて切り出した。

「ところで矢岳さんってイケメンですよね」

少し間が空いた。左の頬《ほお》に多岐川の視線が刺さるのを感じる。

「なんで急にそこに飛ぶの」

「いや、ずっと誰かに言いたかったんです」

「……そう。うん、異論はない。──あ、その先左折。車線左」

「え、あ、はい」

言われてあわててウインカーをあげる。無事車線変更をしたあとに横目で見た多岐川は、すでに窓の外に視線を投げている。不意打ちにも動じた様子がない。なかなか手ごわい。

しかし高も一年間営業に勤《いそ》しんだ身として、「どんなにがっちり閉まった心の扉にも、とりあえず二度はぶつかってみるべき」という独自の信念がある。

「監査部って美男美女が多いんですかね？　矢岳さんはイケメンだし、多岐川さんもきれいだし、髪の長い美人監察官もいますよね。前にナノハナ支店に来たんですけど」

「──は？」

世間話ついでにさりげなく褒《ほ》めてみたが、多岐川からは空気が音を立てて凍りそうな冷たい声が返された。顔で判断するなとか、そういうことだろうか。

「才色兼備《さいしょくけんび》ってことですよ」

「いないけど。髪の長い人なんて」

すかさず言い添えるも、多岐川はふわっと投げたボールを全力で打ち返すような勢いでそう言った。当然心の扉は隙間程度にも開かず、ついでに知りたかった小さな希望までもが空の彼方《かなた》に飛んでいく。ひそかに心のオアシスにしようと思っていた美人監察官。どこへ行ったんだろう。四月一日《いっぴ》で異動になったんだろうか。

軽くショックを受ける髙の隣で、あきれたようにため息をつく多岐川。

「そこ、左」

テントウムシのステッカーが貼られた軽乗用車は、ほどなくしてゆっくりと左折した。


髙のはじめての調査対象・黒沼《くろぬま》みずほは、読み通り近くの県立大学に通う学生だった。少し茶みがかった髪は肩を少し越えるくらいで、濃すぎないくらいに化粧《けしょう》をして、街なかでよく見かける形の服を着ていて……キャンパスの中に入ったらとたんに見失ってしまいそうなくらい、どこにでもいそうなふつうの女の子である。

緊張しているのか表情が硬かったが、アパートの玄関先で名刺を差し出すと、ぺこりと頭を下げて髙たちを部屋にあげてくれた。ピンクの小物が多い、いかにも女の子っぽい部屋だ。

「早速ですが、問題のドル紙幣を見せていただけますか」

丸いローテーブルをはさんで腰を下ろすなりそう切り出したのは、多岐川だ。

顧客と話をするのは彼女で、高は記録係に徹することを事前に打ち合わせていた。赤い革のカバーがついた手帳を多岐川から借りて、一言一句漏《も》らさない構えでいる。

「春休みにアメリカで二週間くらいホームステイしてて、出発する前にヒナゲシ支店で両替していったんですけど……」

黒沼はテーブルの端に五〇ドル札を置き、小さな声でそう言った。

高ははじめて見たが、五〇ドル札はピンクがかったクリーム色で、日本の紙幣より小さく、真ん中に――おそらくアメリカの偉人だろう――ダンディな髭《ひげ》の男性が描かれていた。角が少しよれてはいるが、大きな折り目はなく、きれいな状態を保った紙幣である。

「触らせてくださいね」

そう断った多岐川が、五〇ドル札を手に取り、指先で軽く表面をなで、鼻に近づける。

「……やはり違いますね」

「触っただけで分かるんですか？」

「わたしは元本店の窓口担当《テラー》ですから。外貨両替の取扱いもしていました。米ドルって日本円と違って独特の手触りと匂いがあるんですよ」

本店の窓口担当。それにしては対応が固いな、と思いつつ、高は黒沼の様子をうかがった。ひとまず偽札だと指摘したことに気分を害したようではない。

「偽札だと分かったのはいつですか」

「それは……向こうのスーパーで支払いに使おうと思ったら、レジでペンみたいなのでチェックされて、ダメだ、偽物だって言われて……」

「なるほど。アメリカでは高額紙幣で偽札が多く見つかっていると聞きます。向こうでは警戒して高額紙幣を断ることもあるようですし、レジで簡易鑑定するのもふつうみたいですね」

「はい……高額紙幣が嫌われるのは知ってたから、小さいお金をなるべくたくさん作ってもらって……五〇ドルは、これ一枚だったんです。そのお店では突き返されて、仕方ないから使わないまま持って帰ってきたんですけど……ヒナゲシ支店でも機械にかけたらエラーが出たから買い取りできないって……わたしが嘘を言ってるみたいな言い方までされて。わたし、このお金を外に出したのはそのときだけなのに！」

「──あ、黒沼さまのことを疑ってはいるわけではありませんからね！」

口出し無用と言われていたが、つい、高は言ってしまった。彼女の気持ちの昂《たかぶ》りが目に見えて分かったからだ。

おそらく、彼女の申し出は支店とお客さま相談室で端《はな》から「あり得ない」とあしらわれたはずだ。具体的にどういう言い方をされたかは定かではないものの、「あり得ない」という事実を前面に押し出して説明されたら、それがどんなに筋が通っていても、受け止める側は自分の側が間違いだと——嘘だと言われているように感じてくる。

しかしこうして訪問調査まで受け入れるのだから、少なくとも彼女は悪意を持って今回の申し出をしたわけではないだろう。それは矢岳まで含めたコトリ班の見解。

偽札が出るのはあり得ない。だが黒沼みずほの故意を疑っているわけでもない。

その二点を分かってもらったうえで、納得してもらうのが真の目的である。なかなか難易度が高いと思う。さあ、どうする。

「黒沼さま」

再び多岐川が切り出した。

「申し上げにくいのですが、そのレジですり替えられた可能性が高いのではないでしょうか」

多岐川はそう言って、高に聞かせたたな銀の外貨両替の仕組みを——偽札が入りこむ余地のないシステムを、一から丁寧《ていねい》に説明した。おそらく、支店でも、お客さま相談室でも同じ説明をしたのだろう。黒沼はすぐに聞く気を失くしたように下を向き、

「……確かに、レジの人をずっと見ていたわけじゃないですけど」

「そうだと思います。わたしでもきっとそうです」

多岐川はうなずく。「相手の発言を一度受け入れ共感を示す」という、顧客《こきゃく》対応の基本を実践《じっせん》している形だ。しかし黒沼の気持ちが動く気配はない。そりゃあそうだ。これで落ち着くくらいならきっと相談室に電話を入れた時点で解決している。

もっと確たるものが必要だろう。彼女を納得させる――悪く言えばあきらめさせる――確たるもの。何かあるか。

「こちらをご覧ください」

多岐川が高に手帳を要求し、黒沼の方に差し出した。なんだろうか。まるでプレゼンするように示したページには、数字とアルファベットが混じった文字列が二〇ほど並んでいる。

黒沼が、眉《まゆ》をひそめてその文字に目を走らせた。

「なんですか、これ」

「実は今回のお話をうかがって、わたくしの方でもヒナゲシ支店に連絡を取りました」

いつの間に――と高は驚くが、多岐川は当然のように話を続ける。

「ヒナゲシ支店はあまり外貨両替の取扱がないようで、五〇ドル紙幣《しへい》の在庫はほとんど動いておりませんでした。先ほど申し上げた通り、販売用の外貨は新券しかありませんので、だいたいの場合通し番号が連続しているものなのですが……今在庫として残っている紙幣は、黒沼さまがお持ちのものとはずいぶんかけ離れた番号なんです」

「えっ……そうなんですか」

支店ではそこまで見てくれなかったんだろうか。黒沼は肩を跳ねあげ、五〇ドル札と札番号の一覧を見比べた。確かに、アルファベットも数字も、まったく関連のないものだ。

「黒沼さまがお持ち帰りになられた前後で五〇ドル紙幣の補充もございませんでしたので、少なくともこの紙幣がヒナゲシ支店から販売されたものだと断定することができません」

おお……と高は内心で盛大な拍手をした。まるで名探偵が犯人を追いつめる、ミステリーの山場を見ているようだ。と言っても相手は顧客であるからして、多岐川は攻め立てるような言い方はせず、淡々と事実を並べていたのだが、それでも黒沼はひどくショックを受けたような顔をし、黙りこんでしまう。

無理もない。こうも決定的な事実を突きつけられては、反論もできないだろう。

彼女は手元を見つめ、いくらか沈黙したあとで静かに肩を落とした。

「……やっぱり、あのときすり替えられたんですか、ね……」

「何度も同じことを申し上げているかもしれませんが、窓口の鑑別機でエラーが出ますと、買い取りはいたしかねます。お力になれなくて申し訳ないのですが」

遠回しながらも改めて多岐川が「買取拒否」の意思を告げると、黒沼はため息をつきながらもうなずいた。

「すいませんでした。自分の不注意なのに、わざわざこんなところまで来てもらって……」

決して納得している表情ではないのに、黒沼は健気《けなげ》にもそう言って深々と頭を下げた。真面目《まじめ》な子なんだと思った。と同時に、そういう子だからこそ同情心もわいて、高は言う。

「お気持ちは分かります。学生さんにとっては決して小さい金額ではないですから」

五〇ドルと言えばだいたい日本円で五千円前後。高だって、急に財布からなくなると痛いと思う金額だ。

黒沼はあいまいに笑ったあと、偽札を手に取ってじっと見つめた。高なら悔《くや》しくて破り捨てただろうが、彼女はなぜか、お守りのようにやさしくそれに触れている。

「これから何回か渡米するんですか」

高は問いかけた。オープンキャンパスに行ったとき、県立大は世界に目を向けている大学で、英語教育に熱心で、留学する学生も多いと紹介されていたのだ。

思ったとおり、彼女は小さくうなずいた。「すごいですね」と高は笑った。

「自分、海外行ったことないんですよ」

学生の頃から車を愛用していたので、いつでも金欠で、卒業旅行もちょっと遠くの温泉につかりに行っただけだった。それはそれでよかったと思うけれど、時間のあるうちに海を渡れずじまいだったのは、学生時代の小さな後悔《こうかい》のひとつである。

「でも、わたしの英語はあんまり通じなくて、トラブルばっかりで……」

黒沼が声を詰まらせ、大きなため息をついた。偽札について話しているときよりよほど深刻そうな表情で、高はハッとさせられる。

もしかしたら、彼女にとっては金額なんて問題ではないのかもしれない。

頼るところのない、言葉もうまく通じない土地で、彼女はまったく予期していなかったトラブルに見舞われたのだ。警察沙汰《ざた》になったらと思うと気が気でなかっただろうし、いきなり高額紙幣が使えなくなった分、お金の心配もしなくてはいけなかったはずだ。きっと、帰国するまで動揺《どうよう》を引きずっていたに違いない。いや、もしかしたら今も。

高はますます彼女がかわいそうに思えて、

「学生時代の苦い思い出って、社会に出たらとたんに笑い話になりますよ。不思議なもので。なので、その五〇ドルもぜひ大事にされてください。記念、って言ったらヘンですが」

と、まくしたてた。だから偽札一枚でめげないで――と伝えたかったのだが、

「小林くん、そろそろ失礼しましょう」

多岐川に邪魔された。

しかもなんだろう、やけに尖った声である。その横顔を盗み見ると、愛想の欠片《かけら》もない、これぞ手本と言うほどの真顔でいる。

たちまち髙の中で警報が鳴った。何が起こったか分からないが、確実に何かが起こっている。たぶん、あんまりよくないこと。――なんだ。

混乱しながらも玄関先で多岐川とそろって頭を下げたとき、彼女にとっては何の解決にもならない訪問だったにもかかわらず、黒沼みずほは「ありがとうございました」と丁寧に礼を言った。髙は改めて、真面目な子なんだと妙に安堵《あんど》した――が、玄関扉を閉めた次の瞬間、全身で冷や汗をかく羽目になった。

多岐川の目に宿る光が、抜身《ぬきみ》の刀剣そのものだったのだ。


「おかえり。どうだった、初仕事」

本部に戻って矢岳の菩薩《ぼさつ》の笑顔に出迎えられたとき、髙は親との再会を果たした迷子さながら、矢岳に泣きつきたい気分だった。

「……帰りの車内、まるまる説教でした……」

「そうなの？　どうして」

「小林くんがよけいなことを言うからです」

デスクに荷物を下ろしながら、漫画にしたら太字になりそうな口調で多岐川が言う。

高の初の調査事項。顧客にはきちんと説明をし、納得してもらい、オールオッケー、ミッションコンプリート、と、当たり前のように思っていたが、どうも多岐川のお気には召さなかったようで、帰りの車内はダメ出しの嵐。営業で鍛えられたのでちょっとやそっとでは壊れない高の心も、今、いちおう形は保っているものの軽石のようにスカスカである。

「うーん……じゃあタキさん、とりあえず土井室長に結果を報告してきてくれる？」

「はい。行ってきます」

よろしく、と笑顔で多岐川を見送って、一転、矢岳は高の席の椅子《いす》を引き、ポンポンと叩いた。高は導かれるまま、小さくなってそこに座る。上司のきれいな顔が、斜めになって高の目をのぞきこんできた。

「お客さまに納得してもらえなかったわけじゃないよね？」

「はい……そっちは全然心配ないです。ただ、俺が黙って記録係に徹するべきところでちょっと世間話をはさんだのがいけなかったみたいで……」

「世間話？」

特に最後に「五〇ドルを取っておけ」と言ったことが気に食わなかったらしい。多岐川いわく、「まだどうにかなるかもしれないと期待を持たせる発言だった」と。

高としては全然そんなつもりはなかったのだと反論したが、「お客さまは都合のいいところしか記憶に残さないものだ」、「だいたい、処分してくれなきゃ誤使用されるおそれがある」、「今度こそ警察沙汰になったらどうするの」と、連続技で返された。

さすがにちょっとムッとして、「顧客の感情をやわらげることも必要だ」と主張したら、「監査部に感情は不要」と一刀両断。コテンパンにやられたのである。

高は、長いため息をついた。

「お客さん宅に訪問して話をするんですよ？　場作り、雰囲気《ふんいき》作り大事ですよね」

「うん、それは営業部員の考え方だね」

「あー……そう、すか……」

営業部員が顧客宅に訪問してまず売りこむのは、定期預金でもなく資産運用商品でもなく自分自身。自分に興味を持ってもらって、信頼してもらって、はじめて商品を選んでもらえるのだ。そのためには雰囲気作りは必要だし、世間話も必須《ひっす》。リップサービスも少しはいる。でもここは――監査部は、違うのだ。

「……去年の経験、全然役に立たねえ……」

頭を抱えると、「そんなことないよ」と軽く背中を叩かれた。

「事実を理路整然と並べるだけじゃかえって腹を立てる人もいるし、相手を見ながらやり方を変えていけばいいんだよ。タキさんも、口でキツいこと言っても意外と冷静にものを考えてる人だから、心配ない」

それはどうかな——とは言えず、高は下を向いた。同じ班に女性がいると聞いたとき、「無害な人ならなんでもいい！」と思ったものだが、果たしてあの人は無害なんだろうか。

「ところで小林くん、記録はとれた？」

まるで壁の色を塗り替えるように、矢岳が明るくたずねてきた。高は「はい」とうなずき、

「走り書きですが、多岐川さんの手帳に」

「じゃあ明日はそれを報告書にしてもらうから。忘れそうなことは早めに補足しておいて」

「分かりました！」

矢岳の前だからと張り切って返事をしたものの、記録から報告書を作るためには多岐川から手帳を借りなくてはいけない。今あの人に話しかけるのはちょっとしんどいな……な

どと思いながらひそかに視線を斜め下にしていると、

「ちなみにこれが見本。そこのパソコンの中に雛型《ひながた》作ってあるから」

はい、と書類を例示され、高はしばらくの間心を大空にはばたかせ、現実逃避をはかった。

調査報告書、と銘《めい》打《う》たれたその書類。実にＡ４用紙五枚分である。


「監査部ツラいわ……」

新天地第一週目をなんとか乗り切った、金曜日の夜、二十時。高は同期の津田泰介《つだたいすけ》とともに本店近くの居酒屋でビールジョッキを握りしめていた。

その日、「調査に赴《おもむ》いたら小一時間一方的に文句を言われるだけで結局何も解決しなかった」という案件に遭遇《そうぐう》し、暗い顔をしていた高を見かねて彼が飲みに誘ってくれたのである。

「確かに、監査部でも外向きの仕事だもんなあ。俺が同じことやれって言われても小林くんと同じ顔してそうな気がする」

「津田くんは内勤だから俺よりまともに働けるって。俺営業だったから事務的なとこは分かんないこと多くて、お客さんに何言われても言い返せなくてさ。勉強しようと思っても矢岳さんはしょっちゅうミーティングに引っ張られるし、多岐川さんには訊きにくいし……」

スーツの上着を脱ぎ、ネクタイをゆるめ、恰好《かっこう》だけは少し楽になったが、気持ちはそう簡単にはいかないものだ。ため息が出る。

「大丈夫、慣れるまでの辛抱《しんぼう》だって」

「うん。ありがと。津田くんがいてくれてホント助かってる」

「おおげさ」

草笛を吹くように枝豆を口にくっつけながら津田が笑い、がっしりした肩が小刻みに揺れた。小学生の頃から水泳をやっていたという彼は、比較的小柄だが見事な逆三角の体型だ。髪質が固いのか頭はツンツンしているが、歌のお兄さんみたいなやさしい顔立ちで、何かにつけてよく笑うので全体の印象はやわらかい。

高は彼と一か月間同じ新人研修を受けていたから、彼が懐《ふところ》の深い男だということも知っているし、実は遠距離恋愛中だ、ということも知っていた。だから金曜の夜でもこうして付き合ってくれるのだ。

「小林くん、彼女は？　励《はげ》ましてくれないの？」

レモンサワーをゆっくり飲むのが好きな津田は、グラスの中で輪切りのレモンを泳がせながら訊いてきた。すでに耳を赤くした彼はのんびりした笑顔だが、高は一転して冬の嵐に見舞われたような顔で、

「実は秋ごろフラれました……」

「マジで！　うわ、ごめん！」

「いやいや、もう終わったことだし……」

クレーマー問題で心の余裕をなくしていた頃の出来事である。仕事の悩みが重すぎて、自分でも傷ついたかどうか分からなかったし、引きずることもなかった。いっぱいいっぱいだったのだ。

「えー、あ、じゃあ本店の人紹介しようか？　実は早速小林くんのこと訊かれてるんだよね。彼女いるって言っちゃってたけど、フリーって分かれば……」

「いや、今のところ募集してないんで大丈夫」

問題のクレーマーが女性だったこともあって、知らない女性との距離の取り方がよく分からなくなっている高である。仕事をするうえで避けられない相手は仕方ないとしても、そうでない出会いはしばらく遠慮《えんりょ》したい。

「えー。でもさ、彼女いるといいよ。俺、遠恋だから月一くらいしか会えないけどさ。電

話で頑張れって言われるだけで、なんか頑張れるよ。すっげー厳しいけどさ、彼女」

「厳しいのか……」

うん……と苦笑する津田は、しかししあわせそうである。羨《うらや》ましいとは思うが、今の高は触発されて火がつくほどではない。枯れすぎだろうか。

「とりあえず出会ってみたらいいと思うけどなー。合コンとか、ほら、楽しそうじゃん」

ささやく津田につられて、控えめに振り返る。奥のテーブル席がにぎやかなことには気づいていたが、合コン真っ最中らしい。確かに盛りあがっているが、個人間で温度差があるようで、端の席の女の子は見るからに退屈していた。大きな瞳とふっくらしたほおがリスみたいで、ふつうに笑うとかわいいと思うのだが。人数合わせに付き合っただけだろうか。

「……って……あれ……?」

ふと何か引っかかった、と思ったら、ばちっと彼女と目が合った。瞬間、高は立ちあがる。

「須木《すき》? 須木じゃねー?」

「——小林くん?」

高と同じように立ちあがって指をさしてくるのは、高校の同級生、須木杏奈《あんな》だ。三年間同じクラスだったうえ、高の部活仲間と仲良くしていたから、何かにつけて一緒になることが多かった相手である。リスみたいな印象は昔のまま。潔《いさぎよ》い、でもよく似合っているベリーショートも、全然変わらない。

「うわ、久しぶりだな！」

高はジョッキを置いて席を離れた。須木も同じようにフロアの真ん中まで駆けてきて、

「ほんと久しぶりだね！　最近ＳＮＳで見かけなくなったから、ちょっと心配してたんだよ」

「あー悪い、ほとんど退会したんだ」

クレーマーに特定されたから、とは言えずに乾いた笑いで誤魔化《ごまか》すと、須木は、「そうなの？　でも元気そうでよかったー」と言って笑った。タンポポが揺れているような気取らない笑い方も、昔と変わらないからホッとする。

「小林くん、今日は出張かなにか？　ナノハナ支店、実家から通ってるんだったよね」

「それが、異動になって近くに引っ越したんだ。そう言えば職場近いわ。須木、中央郵便局だもんな」

「そうだよ。アパートも近いとこ借りてるの。あー、よかった。あたし、こっちに知り合いがいないから寂しかったんだ。小林くんがいてくれると心強い」

「はあ？　彼氏は」

「いたら寂しいとか言いません」

「はは、そっか。——って、俺も人のこと言えねえわ」

お互い苦笑いしたところで、「お待たせしました唐揚げでーす」と店員が近づいてきて、須木は急にあたふたし始めた。

「あ、ごめんね。邪魔しちゃった。戻るね。職場近いし、たぶんまた会うよね」

「おー、今度飯でも行こう。連絡する」

うん、と笑った須木は、津田にもぺこりと頭を下げて席に戻っていった。律儀《りちぎ》なところも昔のままである。小柄なのに歩幅が広いところも、何か終えるとふーっとひと息つくところも。

高もまた肩でひとつ息をついて、改めてジョッキを傾けた。思いがけないところで同級生の元気な姿を見られるのは、ちょっと照れくさいがうれしいものである。

「小林くん、今の子、元カノかなんか？」

急に津田がテーブルの上に顔を突きだしてきて、飲みかけたビールの炭酸が喉《のど》の弱いところに貼りついた。思いっきりむせて、「違うよ、なんで」と涙目で返す。

「だって彼女めっちゃうれしそうだったから」

にこにこする津田に、「そうかあ？」と返しながら奥のテーブルを見ると、再び須木と目が合った。向こうが笑うから、こっちも笑う。こういう関係性は、昔のままである。

高は充分に呼吸をととのえてから、再びジョッキを傾けた。

「高校の同級生だよ。いいやつなんだ。みんなにやさしくてさ」

「へー。じゃあちょうどいいじゃん。ここで再会したのも何かの縁だよ。彼女寂しいって言ってたし、新しい関係始めたら？　彼女かわいいし、お似合いだと思う、俺」

「ダメダメ。須木とは一〇年後も友だちでいようって約束したんだ」

「え――あ、ごめん。もしかして古傷開いた？　うわ、どうしよ」

急におしぼりで手を拭き始め、ミーアキャットみたいに背筋を伸ばしてきょろきょろする津田。こんな話でも本気で青くなるあたり、津田も相当いいやつだと思う。高は笑いをかみ殺しながら「あーもーいいよいいよ」と手を振り、

「恋愛より仕事だよ、仕事。そう、多岐川さんの攻略法とか考えてほしい。あの人ともうちょっと気楽に付き合えたら少しは仕事しやすいと思うんだよ、俺は」

「あーうーん……監査部の多岐川さん……知ってる知ってる」

肩を下ろし、箸《はし》の先で唐揚げを転がしながら、津田が小刻みにうなずいた。

「有名なの、あの人」

「有名っていうか……きれいだから目立つんだよね。出世コース乗ってるみたいだし、こないだも上層部に挑戦状叩きつけたとか噂《うわさ》になってたし」

「上層部に挑戦状ってどんな猛者《もさ》だよ！」

そりゃあいくら押してもビクともしない頑丈な心の扉の持ち主だし、誰が相手でも――あのイケメン上司相手でも態度を変えないクールな人だが、そこまでか。

遠い目をする高に、「あ、でも」と津田が明るくつけ加えた。

「仕事はやり手でもあんがいふつうの人だと思うよ。婚約者いるらしいから」

「はあ⁉　婚約者⁉」

まるで生卵を投げつけられたような衝撃に、高は思わず目を剝《む》いた。本人には絶対言えないが、あの多岐川が誰かの隣でほほえんでいる姿が想像できない。

「信じられん……プライベートじゃ人が変わるのか……？　え？　うちに帰ったら『おかえりー』って玄関まで走って迎えにきてくれるとか？　洗い物やったら『ありがと』って全力でハグしてくれるとか……オムライスにはケチャップでハート描いてくれるとか⁉」

「あはは。小林くん、酔っぱらった？」

「いや、衝撃が強すぎて思考がおかしくなってんだって！　待って、ちょっと冷静になる！」

高はビールをガッとあおった。「それで冷静になれるの？」と津田に笑われながら、ゴンとジョッキをテーブルに打ちつけ、口の端に泡《あわ》をつけたままふと恐ろしい可能性を思いついて息を呑《の》む。

「……その婚約者が矢岳さんとかいうオチ、ないよな。そうなったら俺、身の置き場がない」

「大丈夫大丈夫。確か多岐川さんの婚約者、英語の先生って話だったから」

「はあ……英語の……」

だからアメリカの偽札事情にも通じていたのか？

「それに矢岳さんもさ、あの見た目で独身だからそれこそあっちこっちから声かかってるみたいだけど、誰も相手にしないらしいよ。職場恋愛は嫌なのかも」

「へえー、そうなのか」

多岐川ショックがひととおり過ぎ去り、代わりに矢岳の菩薩の笑顔が思い出されると、酔いも手伝ってふわんとした気持ちになった。今日もあれこれ助けてくれた、理想の上司。

「不思議だよな、あの矢岳さんが独身って。いい人なのに」

「うん。だからさ、小林くんと矢岳さんをまとめて合コンに連れ出せたら、俺、本店の女性たちからものすごく崇《あが》められると思う」

「行かないけどな」

目をキラキラさせる津田に、すげなく返す。

一瞬の沈黙。しかし同時に噴きだして、ゲラゲラ笑いだしたのはお互い酔っぱらっているからだ。「よし飲むぞ」と無駄に気合を入れ、ジョッキを高くかかげて二度目の乾杯。

二日酔い上等。明日は土曜日、休みである。

二章 通帳が使えません！

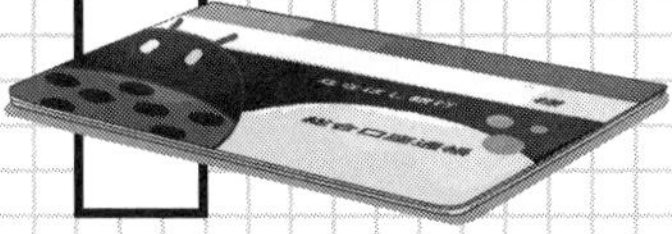

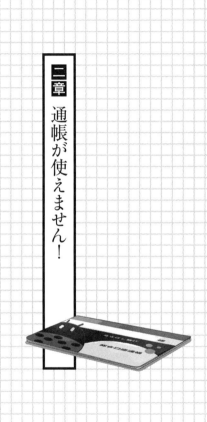

「おう小林《こばやし》、ひとりぼっちでお留守番かよ」

緊張の一週間を無事乗り切り、予定通り買い出しと部屋の片づけであっという間に終わった週末からの、新天地二週目、月曜日。デスクで書面調査票の封入作業をしていた髙《たかみ》は、業務班所属の堤旺次郎《つつみおうじろう》に声をかけられた。

気持ちのいい青空の広がる朝だが、彼は相変わらずチンピラのようないでたちで、左手はポケットの中。彼はどうもそこに鍵《かぎ》か何か入れているらしく、しょっちゅう手をつっこんではその何かを弄《もてあそ》んでいて、見た目の柄《がら》の悪さを二倍にも三倍にもしている。

ほかの監査部員とは明らかに毛色が違うので常にフロア内で浮いているのだが、彼は多《た》岐川《きがわ》の後ろに席があり、昨年度までコトリの助《すけ》っ人《と》要員だったこともあって、毎日我が物顔でこちらの島にやってきて、多岐川にちょっかいを出したり矢岳《やたけ》の邪魔をしていた。髙もなんだかんだと絡まれて、ひとまず彼の威圧的な外見に慣れてきたところだ。

「矢岳とタッキーはどうした?」

堤は、作業用の席にどかっと腰を下ろした。日頃からほとんど彼が独占している席である。

「矢岳さんは課長と打ち合わせとか言ってました。多岐川さんは土井室長のとこです」

「まーた土井のおばさんから呼び出しかよ。面倒事持ってくるんじゃねーの」

「どうでしょうかね。何もすることがないよりはマシな気がしますけど」

　手元の一枚を封筒にしまい、ふーっと息をつく。

　コトリは、調査依頼がなければほとんどデスクに張りついている状態である。書面監査をしても顧客《こきゃく》からリアクションがあることはあまりなく、あっても単に顧客自身が文書の内容を理解していないだけだったりして、あっさり解決する。営業部員としてノルマに追われるのもなかなか大変ではあったが、こうも動きが少ないと身体《からだ》も頭もなまりそうで怖い。

「堤さん、コトリってずっとこんな感じですか」

「こんな感じって？」

「毎日書面監査票の管理ばっかりで、生産性のあること何もないじゃないですか。要・調査事項だって思ったほど回ってこないし」

　愚痴《ぐち》っぽくそう言うと、堤は大きく口の端を歪めた。

「おまえなあ、監査部なんて消防署と一緒だぞ？　ヒマな方が平和でいい」

「そうかもしれないですけど……正直飽《あ》きます」

「あぁ？　ったく、しょうがねえな。じゃあそれ俺がやってやるから、おまえ俺の仕事やれ」

「堤さんの？　って、何ですか？」

堤が、ニヤッとして眼鏡《めがね》のブリッジを押しあげた。

「報告書の作成。三回分。記録はその辺に転がってる。たぶん」

「三回分⁉　溜めこみすぎじゃないですか！」

「いやあ、こないだおまえが出した報告書、あがりが早かったわりに読みやすいって部長が褒《ほ》めてたからよ。よろしく頼むわー」

と、堤が書面調査票をとろうとしたので、高は慌ててそれを阻止《そし》した。

「無理ですよ！　自分が関わってないものの報告書とか書けませんって！」

「なんだよ、平均点男の唯一の長所を活用してやるって話だろ」

「とか言って、自分が書きたくないだけじゃ……」

「当たり前だろ。めんどくせえ」

臆面もなく言い放つ、見た目チンピラの先輩監査官。「どーする？　代わるか？」と大げさに眉《まゆ》を上下されると、なんだか悪徳金融に捕まった気分である。

「……謹《つつし》んでコトリの仕事をまっとうします……」

高はがっくりと首を折り、堤にニヤニヤ笑われながら次の封筒に手を伸ばした。しかし、気持ちはすっかり後ろ向きで、本音がすべり落ちるのを止められない。

「あー、営業行きたい。定期とりたい。投信売りたい。保険売りたい……」

「──無駄話は目の前の仕事終わらせてからにしましょうね」

いきなり低い声が降ってきて、高はびくっと肩を跳ねあげた。多岐川だ。冷たい目で高を見下ろし、サッと髪を耳にかける。すばらしいほどマズいタイミングである。神さまの馬鹿。いや、自分が馬鹿なのか。

そう、高が顔をおおって後悔《こうかい》していると、ケケ、と、堤が楽しそうに笑った。

「タッキー、いきなりおっかねえ声出すなよ。新人がビビってるぞー」

「そんなに怖くないでしょう、小林くん？」

その問いかけに「はい」以外の答えが許されるだろうか。高は「驚いただけです」と高速で三回うなずいた。多岐川は、無言のまま高を見つめてくる。そんな言葉じゃ誤魔化《ごまか》せないか。平謝りした方が早いか。迷っているうち、救いの電話が鳴った。

多岐川が素早く受話器を取ると同時に、全身からどっと力が抜ける。婚約者のいるふつうの女性だと分かったところでやっぱり多岐川は多岐川なのだ。緊張する。

「──あ、その節は、はい、お世話になりました。ええ、代わります。──小林くん」

多岐川が急に高の方を向き、「ナノハナ支店の湯山《ゆやま》さん」と、受話器を差し出してきた。

おっ、と思わず声が出たのは、相手が支店で特別世話になった人だったからだ。一度寿《ことぶき》退職してパートで再雇用されていたベテランの女性で、面倒見がよくて、業務のことをいろいろ教えてくれた。

　急いで保留を解除し「小林です」と応えると、「あぁー小林くん！　湯山ですー」となじみ深い声が聞こえ、自然と笑みがこぼれた。異動になったら前任地との間に境界線を引かれたような気がして妙な寂しさがあったものだが、こうして声が聞けると素直にうれしい。「どう？　元気でやってる？」なんて気づかわれると、じんとするくらいだ。

「――で、どうしたんですか、湯山さん。俺、なんかやり残してました？」

「あ、ううん。そうじゃなくてね。またね、あの人が暴れ始めたのね。――若村《わかむら》さん」

　瞬間、手の中から受話器がすべり落ち、机の上でゴッと音を立てた。多岐川や堤がいっせいに注目するのが分かって、やべ、と思ったのに身体が動かない。ひっくり返った受話器から「小林くん？」と湯山の声が漏《も》れ出てくる。

　急速に視界が狭まるような感覚。ダメだろ。動けよ。自分で自分を叱咤《しった》しながらどうにか手を動かすと、指先がコードに触れた瞬間に横から受話器を奪われた。多岐川である。

「――失礼しました。ごめんなさい。小林くん、おなかの調子が悪いみたいで。ええ、わたしがうかがいますよ。どうぞ」

　多岐川がにこやかに話し出した。「ええ、ええ、あ、そうなんですか」と、応じる彼女は、いつもよりいくぶん明るい感じがした。高の気分とは正反対に。

やりとりはすぐに終了し、多岐川が丁寧《ていねい》に受話器を置く。高が暗い谷底から見上げるように目を向けると、彼女は髪を耳にかけながら、事務的に、かつ、ごく端的に告げた。

「何もないから、大丈夫」

「でも、あの……あの人。若村さん……」

「そう。あの若村さん。でもヒマワリ支店に対する苦情だから、もし何か言ってきても気にしないでっていう伝言。――大丈夫。何も心配ないから。気にしない。引きずらない。いい？」

そうたたみかけられて、高は何も考えられないまま、そういうふうにプログラミングされたロボットのようにただただ相槌《あいづち》を打つのだった。


若村俊子《としこ》は、長くナノハナ支店を苦しめたクレーマーの名前である。

元は高が定期的に訪問していた集金先だが、いつの間にか些細《ささい》なことで支店にクレームの電話を入れるようになった。

例えば、ATMに髪の毛がついていて不潔だ、洗浄しろ、とか。駐車場が狭すぎる、隣の車のドアがぶつかったら修理費をくれるのか、とか。多くの人が許容できることに対して不満を示し、過剰《かじょう》な対応を要求して、支店の職員を困らせていたのだ。

矢岳の訪問以降ナノハナ支店での被害はなくなっていたが、いつの間にか彼女は隣町の支店に狙いを定めていたらしい。ヒマワリ支店はナノハナ支店より規模が大きく、来客数も多い。理不尽なクレームに時間を取られると業務が回らなくなり、他のお客にも迷惑がかかるはずだが――。

「――小林くん。聞いてる？」

矢岳に呼ばれ、高はハッと我に返った。

「すいません、何ですか」

「調査事項。入ってきたよって」

「あ、はい……」

やばいやばい。全然聞いていなかった。それどころか、一〇分前に封入しようとしていた監査票を未だに手に持ったままだ。そんな自分に気づいて焦り、また、向かいの席の多岐川と目が合い、手の中にじわりと汗がにじむ。彼女から言いつけられていた「気にしない、引きずらない」を、まったく守れていないうえに、たぶんそれを見透かされている。

切り替えだ、切り替え。そう自らに言い聞かせながら、急いで引き出しの中の手帳を取り出す。

「今回は何の調査ですか」

多岐川の視線を避けるように矢岳に問いかけると、「通帳のトラブルだね」と自分の手帳に目を落としながら彼は答えた。

「始まりは『ＡＴＭで記帳ができなかった』っていう申し出なんだけど……小林くん、原因が何か、だいたい見当つく？」

「記帳ができない……って、あれですか？　磁気不良」

「そう、そのとおり。すごいね、営業部だったのによく勉強してるね」

思いがけず褒められて、十分前の憂鬱《ゆううつ》が嘘のように気分がぱあっと華やいだ。「たまたま知ってただけです」と謙遜《けんそん》してみたが、声が弾んでいる。単純な性分《しょうぶん》なのである。

実際のところ高がそれを知っていたのは、本当に「たまたま」、ナノハナ支店の湯山の愚痴《ぐち》を聞いていたからだ。ここ数年、窓口では一見異常のなさそうな通帳やカードが突然使用不能になった、という届け出が急増していて、対応に苦慮《くりょ》しているらしいのだ。

使用不能になる理由は「通帳本体の汚れや破れ」だったり、「紛失届け出済みの通帳類の誤使用」だったりといろいろあるのだが、特に多いのが「磁気不良」と呼ばれる異常を起こしている事例。実は通帳もカードも磁気情報を持っているので、磁気部分の調子が悪いと機械で預金情報の読みこみができず、エラーが出てしまうのである。

「でも、磁気不良で調査に行くんですか？」

左手で手帳を開き、胸に挿したボールペンを引き抜きつつ、高はたずねた。

湯山に言わせれば磁気不良は「うんざりするほど」頻発《ひんぱつ》するトラブルで、だからこそ、対処法は確立されているはずである。わざわざ監査部が出向くほどには思えない。

矢岳もその辺りのことは承知のうえのようである。少し困ったように眉根を寄せた。

「それが、その方、来店するたびに通帳が磁気不良を起こしてるらしいんだよね」

「来店のたびって……毎回ですか！」

「そう。その都度《つど》機械処理して正常に戻しているからご本人はあまり気にされていないみたいだけどね、やっぱり磁気不良をくり返して、今回は名義人のお孫さんがあまりにもトラブルが多いって苦情を申し立てた」

「確かに毎回となると異常ですけど……。原因はケータイとかじゃないんですか？」

通帳やカードの磁気に不調が起こるのは、より磁気の強いものの影響を受けるときだ。その最たるものが携帯電話やスマートフォン。どちらも強い磁気を持っているにもかかわらず、そのことが認識されないまま普及しているから厄介《やっかい》で、大きさが同じくらいだったり、スマホケースにカード入れがついていたりするせいで安易に接触させてしまい、結果、通帳・カードの方が磁気不良の状態に陥《おちい》ってしまうのである。

ちなみに、「スマホと一緒にしててもトラブルになったことがない」というのはただ運がいいだけである。通帳類と磁気保有物との接触はマグカップを床に落とす行為と似ていて、一度の衝撃で全体にヒビが入りながらも機能を保てることもあるし、まったく無傷なことも、一回で完全に壊れることもある。磁気が目に見えないから実感しにくいが、通帳もカードも、ああ見えて実は繊細《せんさい》なのである。

「確かに一番疑わしいんだけど、名義人さん、ケータイもスマホも持ってないんだって。八十二歳だからね」

「あ……じゃあマグネット、ですか」

バッグの留め具に使われるような強い磁石《じしゃく》も通帳・カードの大敵だ。普段からそういうバッグにしまって持ち歩いていると、何かの拍子に接触して異常を起こすことがある。

「それも微妙なんだよね。支店が言うにはその方は週に一、二回は来店する常連さんだけど、いつも巾着《きんちゃく》をさげて来店されるんだって」

「え……」

高は顔を曇らせた。原因がケータイでもスマホでもバッグの留め具でもない、となると、他に何が考えられるだろう。見当もつかない。

「名義人さんに、何か通帳に悪影響を及ぼすような習慣があるんでしょうね」

沈黙していた多岐川がふいにそう口を挟み、矢岳が「そうだね」とゆったりうなずいた。

「ご自宅におうかがいして原因を見つけて、改善するまでが今回の仕事だね。前例がないからどうなるかちょっと分からないけど……名義人さんには長年ご愛顧いただいているということだから、僕らもやれるだけやってみよう」

班長の声に、高も多岐川も、深くうなずいた。


調査依頼を受けてから二日後、高は多岐川とともに名義人宅を訪れていた。

「ごめんなさいねえ、遠いところまで。孫にはいいのよって、言ったんだけれど」

そう言ってお茶を出してくれた彼女は、渡辺《わたなべ》キサ、八十二歳。少々腰は曲がっているが、きちんとアイロンの当てられた長いスカートをはいて、首に銀色の長いネックレスを下げていて、少なくとも見た目はとてもその年齢には見えないきちんとした女性だった。

「ご迷惑をおかけしておりますので」

軽く頭を下げる多岐川に、彼女は「とんでもないことですよ」と笑う。

高齢者対応といえば、相手によっては理解力や聴力が衰えている場合があり、どうしても慎重にならざるを得ない。高も難易度高めを想定して構えていたのだが、彼女の話しぶりはしっかりしていた。なな銀の常連ということもあって髙たちのこともあたたかく迎えてくれたし、思いのほかスムーズに話が進んでいきそうである。

「早速ですが、通帳を拝見できますか」

髙がひっそり安堵《あんど》したところで、多岐川がそう切り出した。今回も女性のひとり暮らしということで、多岐川がメイン、髙がサブという役回りだ。

渡辺が「持ってきますねえ」と言って、座椅子《ざいす》からゆっくり立ち上がり、一歩ずつ確かめるような足取りで戸棚《とだな》の前に移動する。テレビ台とひとつなぎになったものだ。

渡辺邸は典型的な日本家屋で、案内された居間は丸いちゃぶ台がよく似合う和室であるが、テレビはやたらと大きく、テレビ台も壁一面を覆《おお》うほど大型のものである。一日の長い時間をここで過ごすのだろう、座椅子の周りには電気ポットやティッシュ箱、薬の袋、新聞やテレビのリモコン、ゴミ箱などが集められている。

「通帳はね、ここに入れてあるんですよ」

そう言って渡辺が棚から持ちだしてきたのは、元はお菓子が入っていたのだろうと分かる、真っ赤な四角い缶だ。わりと大振りで、表面に描かれた動物のイラストの風合いからして、海外製だろう。蝶番《ちょうつがい》がつけられ、かちりと閉まる構造で、ちょっとした特別感がある。

「かわいい箱ですね」

思わず素が出たのか大きく身を乗り出す多岐川に、渡辺は「孫の海外旅行のお土産《みやげ》だったの」とうれしそうに目を細め、ふたを開けて見せた。中には、黄色地に赤いテントウムシ——企業キャラクターのテンテンのワンポイントが入った総合通帳と、なぜか銀色の鎖のブレスレット、黒縁《くろぶち》の眼鏡《めがね》が一緒に入っていた。

「大事なものをここに入れるようにしているのよ」

「そうなんですね。では通帳だけ、拝見しますね」

多岐川がひとこと断り、通帳の表裏を丹念に観察し始めた。高も横からその手元をのぞきこみ、特に通帳裏面の黒いところ——磁気テープの部分を念入りに確認したが、疵《きず》や汚れは見当たらない。

「何も問題ないように見えるけど、いつも窓口の人に言われるのよ、『またですよ』って」

「ご心配なさらないでください。よくあることです」

多岐川はほほえんだ。銀行に勤めていると、通帳を洗濯機《せんたくき》にかけてしまって使えなくなったとか、子どもが落書きしてしまったとか、冗談みたいな話を耳にすることもある。それに比べれば磁気不良なんて大したことではない。

——ただしそれが常識的な回数であるうちは。

ちら、と、多岐川が視線をよこしてきた。髙はうなずき、渡辺にいくつか質問を投げかけた。メインの対応は多岐川だが、髙もいちおう調査に関わる方向で段取りし、事前にシミュレーションしてきたのだ。ＯＪＴである。

「渡辺さま、携帯電話はお持ちではないんですよね」

「持っていませんよ。使わないものね」

渡辺はあっさり首を振った。支店からすでに情報を得ているが、念のための確認である。

「では、普段お出かけの際にはどんなバッグをお使いですか？」

「バッグ？　おかしなこと聞くのねえ」

変な顔をされたが、想定内だ。髙はすいません、と笑って、

「通帳には磁気が使われているので、磁力の強いものが大敵なんです。バッグの留め具に磁石など使われていると、その影響を受ける可能性があるんですが」

「磁気？　なんだかよく分からないけど……使っているのはこれよ。ご近所の奥さんがお裁縫が得意で、いつも作ってもらうの」

渡辺が見せてくれたのは、藍染《あいぞめ》の手提げだ。巾着《きんちゃく》のように口をひもで縛《しば》る構造で、マグネットは使用されていなさそうである。こちらも支店の報告通りだ。

ならば、と、通帳と一緒に持ち歩きそうな財布やポーチ、印鑑ケースなども見せてもら

ったが、それぞれ、がまぐち、ファスナー、スナップボタン、と、いずれの留め具にもマグネットは使用されていなかった。

「……ないですね、磁石」

高はわずかに肩を落とした。バッグでなくとも、それに近い携行品の中に磁石が使われているものがあるのだろうと推測していたが、並べてみると疑わしいものは見当たらない。

「何か通帳のそばに磁石が使われているようなものはありませんか？」

助け舟を出すように多岐川がたずね、渡辺が「そうねえ」と考えこむ間、高も静かに部屋を見回し、磁気を発していそうなものを探した。

籐《とう》の座椅子に大型テレビ。テレビ台と一緒になった棚の上には家族写真が飾られ、ガラスの扉がはまった棚には厚い本が数冊。他には日本人形と海の写真のカレンダー、鳩時計、固定電話があるくらいだ。特に変わったものはない。

テレビも磁気を発すると言われてはいるが、缶に入った状態でガラス戸の中に納まっているのであればさほど影響は受けないはずだ。

「よく分からないわねえ」

渡辺も思いつくものはないようで、ついには「別に困っていないから、無理をしなくてもいいのよ」と言い出した。毎回磁気不良を起こしてはいても、窓口担当者が復旧させ、きちんとお金をおろせているから特に問題も感じていないのだろう。

　しかし毎回復旧作業のためによけいな時間がとられているのは事実で、本人は気にしていなくても孫から苦情をもらっている。しかもその苦情が相当しつこかったようで、支店からは「絶対に原因を見つけてください！」と泣きつかんばかりの勢いで懇願《こんがん》されていた。このまま収穫《しゅうかく》もなく帰るわけにはいかない。

「差し支えなければ、もう一度こちらを見せてもらえませんか」

　高はふと思いつき、赤い缶を指し示してそう申し出た。ひょっとすると留め具が磁石式かもしれないと思ったのだ。しかし手に取って操作してみると、かちり、と部品同士が噛《か》みあい、ボタンを押すことで解除できる仕組みだと分かった。当然磁石は使われていない。

「うーん……謎ですね」

　缶を開いたまま首をかしげていると、多岐川が横から高の手元をのぞきこんできた。中に残っているのはブレスレットと眼鏡だ。変な取り合わせだし、正直どちらもあまり高級そうではないが、本人が「大事なもの」と言ったからには特別なものなのだろう。

　缶の中を見つめていた多岐川が、ふいにぽつりとつぶやいた。

「……こちら、変わった眼鏡ですね」

「ああ、それね。それも孫が買ってくれたの。老眼鏡なんですけどね、面白いのよ」

渡辺が手に取った眼鏡は、確かに少し変わった形をしていた。普通の眼鏡と違って、フレームがブリッジからテンプルまで、輪を描くように一本でつながっているのだ。

「どうやってかけるんですか？　頭からかぶる感じですか？」

高がたずねると、渡辺は「こうするの」と、レンズの縁を引っぱった。すると、ひとつながりだった眼鏡が、ブリッジの部分からきれいに左右に分かれてしまったではないか。

「うわ――」

「面白いでしょう？」

「はい！　それ、見せていただいてもよろしいですか」

得意げな渡辺から眼鏡を借り、高も実際に着脱させてみた。なんとなく想像はついたが、ブリッジにはマグネットが仕込んであった。軽く引っ掛けただけでははずれないような、しっかりとした磁石だ。

「多岐川さん、これ……」

「ええ。でも、それほど磁力の強いものじゃない気がする」

確かに、これ一個で？　という気はする。

うーんと唸《うな》りながら眼鏡をくっつけたり離したりしていると、再び多岐川が何か気づいたのか、「こちら、ネックレスとおそろいですか？」と缶の中のブレスレットに興味を示した。特に飾りもなく、鎖のデザインも素っ気ない感じで決してお洒落《しゃれ》ではないのだが、そのブレスレットと渡辺の首にかかっているネックレスは、確かに同一のデザインである。

「そうなの。それも孫のプレゼントなのよ」

「やさしいお孫さんなんですね」

なごやかな気持ちでそう言うと、「ええ、もう。ひとりきりの孫なんですけどね、すごくよくしてくれるのよ」と、渡辺はうれしそうにテレビ台の上に目をやった。

――あの人だろうな。

テレビの上の家族写真の中に、それらしき人がいる。渡辺と並んでいる、二十代後半から三十代くらいの男性だ。なかなかのイケメンだが、顔以上にラグビーや柔道の経験がありそうな体格のよさが目を引く。面と向かって苦情を言われたらちょっと怯《ひる》んでしまいそうだが、その苦情も、孫が祖母を思う気持ちゆえと思えばあたたかく受け止められそうである。

と、高がよそ見をしているうちに、多岐川が険しい顔をしていた。

やばい、と、高はひっそり息を呑《の》む。またよけいな話をしたかもしれない。個人的には別に当たり障《さわ》りない会話だと思うが、高の基準とコトリの基準が微妙にずれていることはすでに自覚している。また多岐川から小言《こごと》を頂戴《ちょうだい》するのか。また微妙な空気の中で調査を終えるのか。そろそろ成功体験が欲しいのだが――。

高の心音が徐々に速度を上げるなか、多岐川が静かに缶をちゃぶ台に戻した。

「……お孫さんのプレゼント、ですか」

そう言って膝の上で手をそろえる多岐川の、妙な迫力。なんだ。そんな悪いこと言ったか。高はすっかり湿った両手を左右の膝の上で握りしめたが、そんなこととは気づきもしない渡辺は、「そうなのよ」と、まるで恋人からの贈りものを自慢するようにそのブレスレットをつけて見せた。

「ブレスレットは洗いものするときに濡れるかも知れないから、外出のときしかつけないんですけどね。ネックレスはいつもつけているのよ。肩こりに効くんですって」

「……肩こり……?」

高の頭を覆っていた不穏な雲が、一瞬で消えた。

彼女の首と手首で光る、洒落っけのないネックレス、およびブレスレット。

ちら、と、多岐川の様子をうかがうと、彼女は表向きにこやかにしながらも目の奥だけは獰猛《どうもう》な光を宿らせ、それらのアクセサリーをねめつけている。

どうやら考えていることは同じようだ。

自分でつけたことがないので効果のほどはよく知らないが、肩こりに効くというそれ、いわゆる磁気ネックレスというやつではないだろうか。スポーツをする人たちがたまに首につけている、あのシリコンっぽいネックレスのおしゃれバージョン。

急いでスマホを使って磁気ネックレスについて検索してみると、あるメーカーの商品ページに、ペースメーカーとの併用禁止とか、時計やパソコンに接触させると異常が出る可能性がある、などの注意事項が書かれてあった。やはりそれなりの磁力は持っているようだ。

眼鏡とブレスレット、そして寝るときにネックレスまでそこにしまっているとしたら、三つのものからそれぞれ磁力が発せられていることになる。

そこに通帳を保管するとなると――そりゃあ不具合も起こるというものである。

「というわけで、通帳の保管場所を別のところにするようにおすすめしました」

本部に戻って結果を報告すると、さすがの矢岳も苦笑いだった。

「お孫さんの気持ちが全部裏目に出てるね」

「本当に。わざとやってるのかと思うくらい」

同調する多岐川は、はっきりと苛立《いらだ》っている。帰り際からずっとだ。すんなり調査が終わったわりに彼女はやけに不機嫌で、また自分がよけいな話をしたせいだと思って高は先にあやまっておいたのだが、彼女は「なんのこと?」と顔をしかめ、高の言動ではない何かにやっぱり腹を立てている。謎である。

「小林くん、報告書の準備、お願いしてもいい? 車の鍵《かぎ》を返しがてら、相談室の土井さんのところに寄ってきたいんだけど」

「はい、やっときます。ごゆっくり」

なんだかよく分からないが、不機嫌な彼女のそばでひやひやしているよりはマシな気がして、高は笑顔で彼女を送り出した。ピンヒールの音が遠ざかると同時に手帳を広げる。矢岳が使っている大判手帳に憧れて新調したばかりの、黒い革のシステム手帳だ。なかなかいい値段がしたが、中身を替えれば何年も使えるし、手帳に合わせてペンもメタリックなデザインのものに買い替えたら、なんとなく、ひと回り成長したような気分である。

「今回は無事に終わったんだね。お疲れさま」

矢岳のねぎらいの言葉に癒《いや》されながら、高は張りきって報告書の作成に入った。事の発端が苦情だったのではじめは憂鬱《ゆううつ》だったのだが、相手もごねる人ではなかったし、調査もきちんと決着がついた。なにより、渡辺に「これでもう安心なのねえ」と言ってよろこばれたのはよかったと思う。すいすいと作業が進む。

そして報告書の土台が出来上がり、この調子なら楽勝だな——と気を抜いたとき、異変が起こった。コトリ班の電話が鳴ったのだ。すぐに矢岳が応じ、高に受話器を向けてくる。

「小林くん、渡辺さんって方だけど」

「渡辺さん？　って、さっきの訪問先の？」

「いや、男性なんだよね」

男性？　不思議に思いながら保留を解除し、「お電話代わりました。小林です」と、話し始めた瞬間だった。

「おたく、どういうつもりですか」

耳に飛びこんできた若い男の声に、高は「はい？」と間抜けな返事をしてしまった。

「高齢者ひとりのところに押しかけて、非常識ではありませんか」

続く言葉が、高の頭を混乱させる。

相手は何か気に食わなそうであるが、よく分からない。バラバラのパズルのピースをいっぺんに枠《わく》の中に押しこまれたようだ。元の絵はイメージできているのに、ひとつひとつが全然つながってこないような……。

「ええと……本日キサさまのご自宅におうかがいした件でしょうか」

ひとまずそうたずねると、「他に何がありますか」と彼は押し返すように言った。なるほど、彼は渡辺キサの孫だ。冷静ながら、どこか高圧的なものの言い方をする人である。

高は気持ちが焦るのを自覚し、あえて呼吸を落ち着けた。

「ご同席を希望されていたということでしょうか」

確認すると、「当然です」と返された。そんな約束だっただろうか。支店から孫同席で、という話は聞いていないし、アポイントを取るときも、訪問時も、渡辺キサは当たり前のようにひとりで対応していたのだが。

「よく考えてください。高齢者に難しい話が理解できますか」

続けざまにそう言われて、高は返事に窮《きゅう》した。

高齢者との取引に関するトラブルは多いものだ。だからなな銀では高齢者に対して重要な契約を行うときには家族同席を依頼するよう指導されている。だが、今回は契約ではないし、高い理解力が必要なほど混み入った話でもない。それに渡辺キサはふつうに話ができたし、やりとりの中で判断能力に不安を感じるところもなかった。客観的に考えても孫が出てくるところではないと思うが――顧客《こきゃく》相手では言いにくいところである。

高は「申し訳ございませんでした」と丁寧《ていねい》に返した。

「先にご意向をおうかがいすべきでした」

「そうですね。しかもおたく、私が祖母にプレゼントしたものが悪いのだと言ったそうじゃないですか」

「いえ、そうではありません。別に保管することをおすすめしただけで」

「一緒でしょうが！　人の気持ちを踏みにじるようなことをして！」

耳を貫くような声に、一瞬片目をつぶった。と同時に、察した。

——今回の案件は、磁気不良とか通帳の保管状況とかいう以前に、騒ぎ立てた孫がそもそも問題だったのではないか——？

『大丈夫？』

異常を察したらしい、矢岳が横からメモを差しだしてきた。うなずくと、さらに『代わろうか』と書き足される。ひとまず、対応を考える時間は必要だ。高はタイミングを見て「通話料がかかってしまいますので、こちらからかけ直してよろしいですか」と投げかけ、一度電話を切ることに成功した。すぐに矢岳に報告すると、彼は「分かった」とうなずいて、ためらいなく受話器に手を伸ばす。

「あとは僕が対応するから大丈夫だよ」

頼りがいのある言葉に、ふっと魂が抜けそうになった。

しかし、安心するのはまだ早い。気づいてしまったのだ。渡辺（孫）の、この事を大きく騒ぎ立てる感じ。

——若村俊子によく似ている。


「……おまえ、その顔やめろ」

昼休みである。本部ビル一〇階の社員食堂でのろのろと日替わり定食を食べていた高は、チンピラに——いや、チンピラめいた先輩監査官ににらまれた。

時刻は十四時ちょっと前。昼休みにはやや遅い時間だが、本部勤務の職員はこの時間帯に休憩をとる方が多い。本店の職員もこの食堂を利用するからで、「顧客に近い人たちから優先的に休憩をとってもらう」という暗黙のルールがあるのだという。弁当持参の人や本部勤務でも早めに休みたい人などは、別に準備されている休憩室を利用していて、矢岳などはもっぱらそちらを使っているようだ。まだ食堂で見かけたことはない。

「若者だろうが。もっとはつらつとしろ、はつらつと」

同じく日替わり定食を頼んでいた堤が、白米を箸《はし》でガッツリすくいあげながら苦言を重ねた。しかし高は、皿に残っている鶏のてんぷらを箸の先で転がし、ため息をつく。

「そんなこと言われても、なんかこう、心がしぼむというか……」

「なんでだよ。今日の案件、円満解決したんだろ」

はい……とうなずく。あれから矢岳が電話をかけ直し、事態は思いがけずすんなりと片付いた。孫同席で再訪問を提案したら、相手方があっさり引き下がったのだという。

「たまにいるよね。知らない人の前では大きく出られるけど、知人の前では大人しくなる人。そういう人なのかな？」

受話器を置いた矢岳はそう言って早々に『解決』の判を押したのだが、高としては渡辺（孫）に殴《なぐ》られっぱなしのまま逃げられたようで、すっきりしない。なまじ祖母の方には感謝されていたからよけいだ。

「監査の仕事って、なんかこう、もやっとしますね。手ごたえがないっていうか……」

高はついに箸を置いて、ふーっと長いため息をついた。

これが飛びこみ営業を掛けた先でひどく怒鳴られたとかいうことなら、次の訪問先で契約がとれれば成績も気持ちもとり返せる。しかし監査の仕事は一件片づけたところで満足感や達成感は少なく、なんとなく後味の悪い安堵《あんど》感が胸に残るばかりだ。言うなれば、渋々挑戦させられた綱渡《つなわた》りをやっとの思いで成功させた、みたいなもの。無事やり切れたからといって「次もまた行こう！」という気にはなれない。

「……まあ、営業と違って成果は見えにくいな」

「そう、それですよ！　成果！　俺は分かりやすい成果が欲しいんです！」

「そういう仕事だからしょーがねーだろ」

——真理である。

一撃で沈められた高は、うなだれながらチラリと窓際の席を盗み見た。

先ほどからもう何度もそちらに目をやっては無理やり剝《は》がす、ということをくり返しているが、そこでは本店営業部の数人が集まって、昼食がてら情報交換をしている。

誰がいくらの実績を挙げたとか、どこどこの奥さんの生命保険がもうすぐ満期になるらしいとか。そこで何を提案しようか、とか。高も、ナノハナ支店にいるときはそうして営業同士で群れては話しこんでいたから、その光景にかきたてられるものがある。

「小林、おまえ営業戻りてえの？」

視線に気づいた堤がニヤッとした。

「まあ、できれば……」

下を向きつつ答えると、堤が味噌汁のお椀《わん》を片手にふんと鼻で笑う。

「営業職は仕事始めて三か月くらいではっきり分かれるもんな。営業が面白くなるやつと、苦痛になるやつ。おまえ前者だったろ」

「はい。営業楽しいです。結果が出ればうれしいし」

「もったいねえな。好きで営業できるやつはそれだけで貴重だ」

がつがつと豪快に食べ進めながら堤が言い、高は、無意識のうちに背筋を伸ばしていた。何気ない口調のようでいて、でも不思議と重みのある言葉に聞こえて、心が小さく震える。

「転職、すかね」

思い切って高は言った。今となっては行方《ゆくえ》知れずの『退職願』。堤も話だけは聞いていたのか、特段驚かなかった。代わりに眼鏡《めがね》越しの目をシュッと細くし、口の端を引きあげ、なぜか危ない取引でも持ち掛けるように声をひそめて、

「一年待て。タッキーの顔に泥塗るな」

「え……？　それ、どういう——」

「——と、わり、電話」

肝心《かんじん》なところで堤がぬっと席を立ち、高は大きく空振《からぶ》りしたような気分になった。

——なぜ多岐川なのだ。矢岳じゃなくて？　意味が分からない。なんだよもう。

いじけた気持ちで残った定食をいっきに平らげ、ぐーっと水を飲みほす。できればこのグラスを今すぐビールジョッキに替えてしまいたい。

「よう、小林。久々！」

叶わない願望にまたひとつため息をついたところに、声をかけてくる人があった。先ほどから髙が目を引かれていた集団の中のひとり、本店営業部にいる同期の鍬崎《くわさき》だ。歌舞伎《かぶき》役者が隈取《くまど》りを施《ほどこ》したようなキリッとした顔に、自信に満ちた笑みを広げている。

「うん、久々」

一応気づいてはいたが声をかけられなかった気まずさから、髙はあいまいに笑った。

彼も津田《つだ》と同じく研修で一緒だったが、性格的にあまり合わず、研修が終わってから実はまったく付き合いがなかったのだ。しかしそれでも、その存在はいつも頭の片隅にあった。彼が同期入行組の中で常に営業成績トップを独走していたからだ。年度途中から賞レースどころでなくなった髙としては、強烈に劣等感を刺激される相手でもある。

鍬崎は、髙の隣の席を陣取り、ぐいと顔を近づけてきた。

「津田に聞いてたけど、マジで本部にいるのな。なんで？　営業しんどくて本部に希望出した？」

いきなり懐《ふところ》に斬《き》りこまれたような心地がした。顔を強《こわ》ばらせながら「いや、そういうわけじゃ……」と否定しかけたが、問題を起こして支店を出されたことと、鍬崎に誤解させておくの、どちらがマシだろうかと一瞬秤《はかり》にかけてしまい、そんな自分が猛烈に恥ずかしくなる。

「それよか小林、堤さん知ってんの？　今しゃべってたよな？」

鍬崎は、そもそも髙の答えにはあまり興味がないようだった。電話に集中する堤をソワソワと横目に見ながら声をひそめる。髙はうなずいた。

「席近いよ」

なんで、と問う間もなく、鍬崎は「やった！」とこぶしを握った。

「今度紹介して。いろいろ教わりたいことあんだよね」

「あ、うん……別にいいけど。監査部の人に何教わんの？」

「何って。小林、まさか知らんの？　堤さんて、元・大手生保の営業マン。うちに引き抜かれてたばんばん保険売ってた、すげえ人」

「は――え？　マジで」

髙は目を剝いた。

食堂の隅、いつもどおりに左手をポケットに突っこんで電話をしている、見た目チンピラの堤旺次郎。常々銀行員らしくないとは思っていたが、まさかの転職組。

もっとも、銀行も手数料収入を増やすため、従来の業務に加えて保険や投資信託といった部外の資産運用商品の販売に力を入れているところである。そのため証券会社や保険会社から転職してくる人もいるにはいるが……なぜ優秀な営業マンが監査部なんかにいるのだろう。ふつう、前職の経験を活《い》かして最前線で実績を挙げるか、指導役として営業店を回るか、しているべきなのではないだろうか。

謎だ。すげー、謎。そう、堤に釘づけになっていると、

「お、やべっ。俺行くわ。次、落とせない契約があんだ。じゃ！」

と、鍬崎は風が吹き去るように行ってしまった。

彼とちょっと合わないな、と思うのは、こういうところである。おそらく悪気はないのだろうが、いつも置き去りにあった気分にさせられて——ひどく疲れる。

「どーした。なんか暗さが倍になってねえか?」

「——堤さん、元・保険屋だったってホントですか⁉　俺に営業ノウハウ教えてください！」

堤が電話を終えて戻ってくるなり、高は顔を振り上げ、すがりつかんばかりに訴えた。

「はあ?」と細い眉《まゆ》を大きく歪めた堤は、その突拍子もない申し出が、真剣なものであることだけは分かったようだ。あきれたように小さく嘆息《たんそく》し、

「教えたところでおまえ、活かす場所ねえだろ」

至極《しごく》真っ当な答えを突きつけ高を黙らせたあと、かきこむように定食を平らげ、「お先」と行ってしまった。

ひとりぽつんと残された高は、糸が切れたようにテーブルに崩れる。

何やってんだ。

退職願を書いたのは事実。営業が好きなのも事実。しかし矢岳に「頑張ろう」と言われて張り切ってうなずいたのもまた事実だ。

――ホント、何やってんだ俺……。


ピンポーン、と軽快な音が鳴った。インターホンではない。スマホがメッセージを受信した音だ。

高は流しの向かいに作られている小さな窓に、ちらと目をやった。ちょうど窓の桟《さん》の部分にスマホを立たせ、ネットで見つけたレシピを見ながら料理にいそしんでいるところだった。

社宅のキッチンは、料理好きには不満かもしれないが、高のような男のひとり暮らしにはちょうどいいサイズで、作業台の前に立てばだいたいのところに手が届く構造である。

時刻は十九時ちょっと過ぎ。営業時代はまだまだ残務処理に追われていた時間だが、長時間労働の問題で世間が揺れてからというもの、本部は残業に関して監視の目が光るようになったらしい。急ぎの仕事がない限り十八時には追い出されるのが常なので、自炊《じすい》に割《さ》く時間が悲しいほどたっぷりある。

ありあわせで豪華な夕食を作るスキルはないものの、ネットで検索すればレシピがごまんと出てくることを知っているし、レシピ通りに作れば美味《おい》しい料理が出来上がることも知っているので、今日のメニューはカレイの煮つけと決めて挑戦中だ。どうせ作るならごはんが進むものがいい。高は大の米好きである。

レシピ通り、落とし蓋《ぶた》の代わりにカレイにアルミホイルをかぶせたところで、高はようやくスマホを手に取った。メッセージは、高校の同級生・須木杏奈《すきあんな》からだった。

『お疲れさまー。今日ね、こないだ小林くんと一緒に飲んでた人が窓口に来てくれたよ。感じのいい人だね』

笑顔の絵文字がついた文面を目でなぞり、さすが、と思った。一回会っただけなのに彼女は津田の顔を覚えていたのだ。津田が褒《ほ》められたことも、須木が彼を褒めてくれたこともうれしくて、『いいやつだよ』と、早速返事をしようとして――ふと指先が止まる。

何か忘れている気がする。何だったたか。

スマホ片手にしばらく固まっていると、さらにピンポーンと音が鳴る。

『お疲れ!』、『さっき小包出しに行ったよ』、『こないだの杏奈ちゃんに会ったよ』

そう、連続で短文を投げてきたのは、話題の津田である。タイミングがタイミングなので思わず噴き出してしまった。『知ってる』と、即座に返信すると、『小林くん新しいとこで大丈夫そうですか、だって！』、『やさしいじゃん彼女ー！』と、彼はテンションの高さが機械越しにも分かるような文章をポンポン送ってくる。高もサッと短文を返した。

『それ須木の通常運転』

『通常運転で片づけるんですか』

『なんで急に敬語』

苦笑しながら、いったん火加減を見た。甘辛《あまから》い醬油《しょうゆ》のにおいが立ちのぼり、急激に腹の虫がうずき始める。冷蔵庫には「これは惣菜《そうざい》の方が割がいい」と思って買ってきた、キクラゲと春雨《はるさめ》の中華サラダがある。先につまむか。ビール飲みたい。一瞬迷ったところでまたピンポーンとスマホが鳴った。

『そういえば』、『こないだ彼女に飯行こうって言ってたやつ』、『もう行ったの？』

再びスマホを前に固まる。思い出した。忘れていたこと。

冷蔵庫に伸びかけていた手を引っこめ、高はなんとなく背筋を伸ばして告白した。

『行ってません』

返したメッセージに既読マークがついた瞬間、スマホがリリリと音を立てた。津田からの、今度は電話である。

「なんで!?　土日ヒマだったでしょ!?」

通話ボタンを押すなり、驚愕《きょうがく》の声が耳に飛びこんできた。なんでこう食いぎみなんだ。

「ヒマじゃないって。まだ部屋片付いてないし」

「えぇえー。じゃあ今度の週末？」

どうしても行かせたいらしい。ため息交じりに苦笑すると、それが聞こえてしまったようだ、「なに、小林くんそんなガード堅い人なの？」と、津田が怪訝《けげん》そうに言った。

「そんなんじゃなくて」

高はのっそりと身体《からだ》の向きを変え、流しに寄りかかる。

「こんなダメダメなときに昔の知り合いに会いたくないっつーか……」

「えー、なに？　何かあったの？」

津田が急に熱を下げてたずねてくる。そうやって切り出しても改まった感じがしないのが津田の不思議なところだ。高もつい気持ちがゆるんで、今日の出来事を愚痴《ぐち》ってしまう。

フェイントくらった調査のこと。堤のこと、鍬崎のこと。

「小林くん、なかなかハードだね」

同情されたら、「はは」と笑うしかなかった。冷静になって振り返ると、身体はともかく、心の動きの激しい一日だったと思う。こんな日が続いたらたまらない。

「鍬崎くんもねえ……人によって好き嫌いが分かれるタイプだよね。営業成績は抜群《ばつぐん》にいいけど、実は苦情も多いし
「そうなの？」

「うん。そのうち小林くんたちのお世話になるかもよ」

それは嫌である。鍬崎の面倒を見るのが、ではなく、苦情前提なのが。

髙は、今度ははっきり、ため息をついた。

「調査があるのはべつにいいけど、先輩たち、苦情にもトラブルにも慣れすぎてんだよな。多岐川さんなんて、明日も調査が入ったのに相談室の土井室長と飲みに行くって。余裕だよ」

「あ、こっちも今から飲む？　付き合うよ？」

「いや、やめとく。俺も出るんだ、明日の調査」

調査対象が女性なのでまたも多岐川と二人での調査だ。天気予報では明日は「激しい雨」。濡れることは確実だろう。足元はセールで買った革靴《かわぐつ》で決まりだ。ネクタイは明るい色。そうだ、シャツにアイロンかけなきゃ――と、ぼんやり考えたところで、電話の向こうで津田がひっそり笑うような気配がした。

「小林くん、ちゃんと仕事できてるじゃん。全然ダメじゃないじゃん」

「……そうかな」

新しい仕事はトラブル前提だし、過去には引きずられるし、理想と現実が遠すぎるし。津田の言うことは、正直まったく実感がない。だが、そう言ってもらえるだけでなぜかスッと気持ちが楽になる。

「ありがと、津田くん」

「ぜんぜん。また飲み行こうね。じゃ！」

通話終了のボタンを押したあと、スマホを握ったままフライパンのアルミホイルをとり除いた。飴《あめ》色のあぶくの中で揺れるカレイの切り身。なんとなく空いたところがもったいなくて、豆腐とぶつ切りの長ネギも入れ、煮汁を回しかけた。なかなかいい感じである。

気楽になったら食欲にも火がついたようだ。早く食べたくなってきた。ビール飲みたい。おなかいっぱいになったらシャワーを浴びて、テレビ見ながらダラダラして、少しだけ明日の仕事の心配をして、でもすぐ頭から追い出して、眠くなったらベッドに転がる――。

――結局、どんなに愚痴を撒《ま》き散らしてもやることは毎日同じだな。

そんな自分に気づいて少し滑稽《こっけい》に思えたが、たぶん、それは日本中の働く大人がやっていること。

一度火を止め、カレイに味をなじませる間、高は小さな冷蔵庫の前にしゃがみこんだ。そして扉の奥、冷えた缶ビールに手を伸ばしてようやく須木とのトーク画面を呼び出して、プシュッとプルタブを跳ね上げるかたわら、『お疲れ』から始まる返信を打つのだった。

三章　それは本当に苦情ですか？

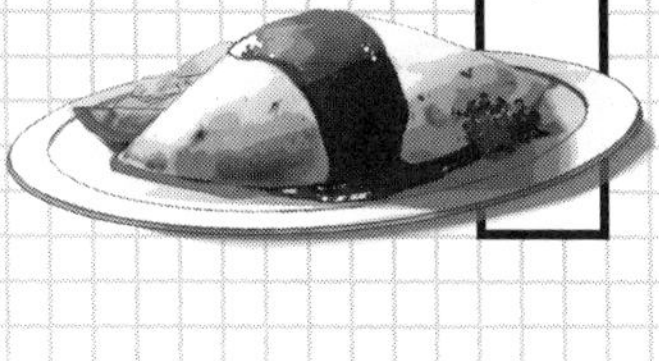

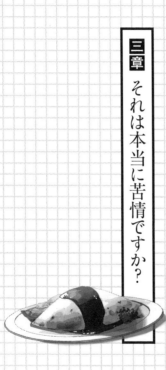

「おっしゃられたことは理解していますので、お引き取りください」

彼女は肖像画がしゃべりだしたかのように、眉《まゆ》ひとつ動かさずにそう言った。

なな銀本部ビルから路面電車でおよそ三〇分。公立中学校の進路指導室でのことである。

「……ご理解いただけて幸いです……」

高《たか》はにわかには信じがたい思いで、そう返した。信じられるはずもない。相手方が高たちの主張を受け入れたのは、名刺を差し出しあいさつして、まだ三分もたっていないときだったから。そして、あっけなく主張を受け入れたわりに彼女がひどく不機嫌だからである。

高は、椅子《いす》に座るタイミングを逃したまま、同じく棒立ちの多岐川《たきがわ》に目配せした。

――コトリ班が出動する事態なのに五分とたたずに理解を得られた。

――理解を得られたはずなのに少しも手ごたえを感じない。

こんな顧客《こきやく》対応ははじめてで、二人ともはっきりと戸惑っていた。

「今日は方針が定まってるし、小林《こばやし》くん、最初からメインで話してみる?」

多岐川がそんな提案をしたのは、学校に着く直前、移動中の車内だった。車内といっても車ではなく、路面電車である。今日はたまたま社用車がすべて出払っていたためで、学校の目の前にバスと路面電車、両方の停留所があると分かったところで、ダイヤに正確な路面電車を選んだのだ。

「やってみます」

ガラガラの車内、並んで座っていた多岐川に、高はうなずいて見せた。今回の案件は、対応方法も結論も明確に定まっていたので、相手方から理解を得られるまで説明すればよかった。一般の顧客対応と――たとえば営業時の商品説明なんかと――同じである。

そもそも、今回はななな銀に非のない苦情から始まっていた。

一報が入ったのは昨日夕方。隣町にあるシャクナゲ支店から泣きの電話が入った。内容はこうである。数日前に外貨両替の請求があって手続きを終えたが、昨日になって金種変更のご希望があり、お断りしたところ、あとになって深刻な苦情の電話が入った――。

基本的にどんな取扱いも日を跨《また》ぐと取り消しが難しいのが銀行で、先ごろ学んだように外貨両替は日本円の両替とは仕組みが違うし、日々レートも変わるので、日本円の両替のようにひょいと取り換えられるものではない。断りを入れた支店の対応は正当なものである。

高と多岐川は、その事実を伝えるためにこうして昼休みの学校に赴《おもむ》き、たった今、理解を得られたところである。――いや、たぶん、得られたところ。

廊下《ろうか》を生徒が行き来する、にぎやかな校内。

そこだけ切り取られたように静まり返る進路指導室には、高と多岐川、船谷《ふなや》という英語教師の三名だけがいる。

船谷は四〇歳に手が届くかどうかという女性で、白いブラウスに紺《こん》色のカーディガンを羽《は》織《お》り、ベージュのロングスカートをはき、足元は黒いナースサンダル。髪は肩にかかるくらいのストレートでやや地味な印象だが、そこも含めて「こういう先生いたな」と思うようなふつうの教師である。

しかし今、長机とパイプ椅子が用意されているにもかかわらず、誰も腰かけないまま沈黙が続くという異常事態に陥《おちい》っている。

予報通り降り出した雨の音が、壁にしみいるように響いている。黙っていてもどうにもならないのは分かっているが、いったいどうすればいいのか、高には見当がつかない。

「お引き取りください」と言われても、相手が納得していないのは明白なのだ。ここですっと引き揚げるのが正解とは思えない。喧嘩《けんか》した恋人に「もう帰って！」と言われて素直に従ったらよけいにキレられる、あのパターンと同じのような気がしてならないのだ。

「……船谷さま。参考までにお訊きするのですが、先日お持ち帰りいただいた金種では何か不都合がございましたか」

出方に迷う髙を見かね、多岐川が慎重にそうたずねた。船谷が重そうな前髪の下から多岐川を一瞥《いちべつ》し、細く嘆息《たんそく》する。

「わたしは構わないと思ったんですが。細かい金種が欲しいという先方のご希望がありましたので。……はぁ……先に言ってくだされればこんなことにはならなかったんですが」

途中で大きなため息をはさみ、船谷はことさら不機嫌な顔になる。

「とにかく、もういいんです。わたしが立て替えて、正しい金種で購入し直したので。前に買った分はレートを見て売却に行きますので」

まるで鼻先で扉を閉めるような物言いをされ、髙は思わず顎《あご》を引いた。多岐川はさすがに慣れたもので、「そうしていただくのが一番です」と上手に返したが、船谷の態度を軟化させるほどではない。

髙は、内心でううむと唸《うな》った。誠心誠意対応しようと思っても、ここまでくると、「もういいかな」という気になってくる。どうやら校内で行き違いがあったせいで彼女はへそを曲げているらしいが、それが不服で苦情を申し立てたのなら、ある意味八つ当たりである。そもそも最初からまともに取り合うことでもなかったかもしれない。

彼女は自分で片をつけると言っているし、一応こちらの言い分に理解を示したのだから、これ以上引っ張るのはお互い時間の無駄だ。調査終了。そうしよう。

そう、高が結論を見出《みいだ》したときだった。

「失礼します」

廊下の方から男性の声がした。

「船谷先生。お客さまですよね？　なな銀の方ですか」

「……はい」

船谷がいっそう声を低くして返事をすると、断りもなくガラリと引き戸が開けられた。現れたのは、比較的若い――三〇前後の大柄な男性である。くたっとしたシャツに赤いネクタイを締め、ほどよく整った顔に笑みを貼りつけている。受け手によって印象が変わりそうな笑顔だ――と思ったのは、高の錯覚《さっかく》ではないようだ。少なくとも船谷の表情が和《やわ》らぐことはなく、多岐川は突然の闖入者《ちんにゅうしゃ》に面食らっていた。

「ななほし銀行の小林といいます。お世話になっております」

「ああ、どうも」

いち早くあいさつする高に、彼は短く答えた。口ぶりは軽かったが、面と向かって言葉を交わすと少々圧を感じた。体格のせいだろう。彼はかなり鍛えているらしく、首も太ければ胸も厚い。気さくな性格でなければ生徒に怖がられるタイプの先生だと思う。

そう、短い時間で彼を観察しているさなか、高の記憶の中で何かが反応した。この人をどこかで見たことがある。それに「どうも」と短く答えた声。聞いたことがあるような気がする。確か最近のことだ。でもとっさに思い出せない。もやもやしたまま、それでも名刺だけはきっちり差し出すと、彼はやけに恭《うやうや》しくそれを受け取り、にこやかにこう名乗った。

「渡辺《わたなべ》です」

瞬間、粗《あら》いブラシで肌をなでられたような感覚がした。

どうりで覚えがあるはずだ。彼の顔は、昨日見た家族写真の中にあったものだ。そしてこの声も、昨日の訪問の後にクレームを入れてきた電話の声そのもの。

この男は、渡辺キサの孫である。

どうしてここにいる？　偶然？

動揺《どうよう》のなか横目で多岐川を見ると、彼女の表情も硬いものになっていた。もしかしたら彼女も昨日の家族写真を見ていて、気づいたのかもしれない。

否応《いやおう》なしに構える高をよそに、彼は「わざわざご苦労さまです」と言うものの、昨日の出来事についてあえて持ち出すそぶりは見せなかった。

向こうが気づいていないわけではないだろう。彼は昨日高を名指しして電話をかけてきたのだ。今彼に渡した名刺と同じものを、昨日、祖母の家でも見ているはず。

なんなんだ、この人。仕事にプライベートは持ちこまない主義なのか。それとも——。

「渡辺先生、次授業でしょう？　わたしもです」

渡辺の思惑《おもわく》が読めないうちに、突然、船谷が机の前から離れた。

「両替の件は？　解決しましたか？　ヴィッキーが待ちわびているんですが」

「ご心配なく。お支払いには影響ないです。お二人もお忙しいでしょうから、お引き留めするのは申し訳ないです」

船谷は早口に並べ立てた。変わらずつっけんどんとしていて、こちらへの気遣いは上辺だけのように聞こえた。とにかく彼女は一刻も早く話を終わらせてしまいたいようだ。高たちにとってもそれは都合がいい。直感が告げているのだ。深入りしない方がいいと。

高は、急いで荷物をまとめ、極上《ごくじょう》の営業スマイルとともに頭を下げた。

「では私どもはここで失礼します。お時間いただきありがとうございました。今後ともよろしくお願いいします」

「ええ——また」

帰り際に聞いた渡辺の一言が、やけに耳にこびりついた。

「さっきの男性、昨日訪問した渡辺キサさんのお孫さんです」

校舎を出、コウモリ傘を広げるなり、高は声をひそめた。「そうね」と真っ赤な傘の下でうなずいた多岐川は、やはり彼に気がついていたようだ。険しい表情である。

「不気味ですよね。昨日のことは完璧《かんぺき》にスルーですよ。俺、電話口で怒鳴られたのに」

「本当に、何考えてるんだか……」

門のところまで歩き、一度傘を傾け校舎の方を振り返ると、強い雨にもかかわらず生徒たちが窓を全開にして、珍しげに高たちを見ていた。中には有名人でも見つけたみたいに手を振ってくる女の子たちもいて、適当に手を上げて応えたら、やたらよろこばれた。

高にも身に覚えのある感覚だ。学校では、ノラ猫が迷いこむだけで騒ぎになるくらい、ささいな非日常が特別な出来事だった。

と、懐かしさに目を細めているうちに、最上階の窓にあの渡辺が姿を見せた。高たちの視線が向いていると気づくと、生徒と一緒になって手を振ってくる。やけにフレンドリーに。

「……あの人、本気でよく分かんないっす……」

「気にしたら負けよ。帰りましょう。電車は――三〇分後？　バスも、さすがにこの時間は本数が少ないのね。ちょうどいいから、帰るのはもう一本後にして、お昼ご飯食べていきましょ。あそこ、喫茶店がある」

どうしても意識が後ろに向いてしまう高に構わず、多岐川はてきぱきと予定を決め、近場の店に入っていた。ウインドウがくもった文具店と看板が色落ちしたスポーツ用品店に挟まれた、昭和の香り漂う喫茶店だ。ナポリタンにカレーにオムライス。サンドイッチ。メニューもいかにも「喫茶店」で、店内はジャズが流れる落ち着いた雰囲気《ふんいき》である。

「好きなもの頼んでいいわよ。ごちそうするから」

「いいですよ、そんな」

「文句言わない」

ズバッと切り返されて、上着を脱ぎかけていた高はたじろいだ。

「文句は言ってません、遠慮《えんりょ》しただけで」

「……そうね。ごめんなさい」

一瞬面食らいながらも素直にあやまった多岐川は、すぐにメニューに目を落とした。ほどなく「オムライスにする」と言うから高も同じものを頼んだが、なんだか様子が変である。いつもどっしり構えている多岐川なのに、落ち着きがない。苛々《いらいら》しているというか。

「あの、さっきの先生のことなんですが」

「外で仕事の話は厳禁」

ひとにらみされて、「すいません……」と口をつぐむ。苛々の原因を探りたかったのだが、他人がいる空間で業務情報について語り合うのは確かによろしくない。店内には常連客らしい年配の男性二人がカウンターでのんびりしているくらいで、静かなのである。

困った。高はレトロ感満載のオレンジ色のソファにそわそわと座り直した。多岐川の苛立ちはそっとしておくにしても、仕事のことが話せないと他に話題がない。日頃からものすごく興味を持っていても、「婚約者どんな人ですか」などと正面きってたずねる勇気はないし、高の生活の中に多岐川の興味を引きそうなネタがあるとも思わない。結局、「昨日土井室長とどこに飲みに行ったんですか」と、無難な質問を投げてしまう。

「昨日は蔵バルってところ。ほら、アーケードの、カッパの本屋さんあるでしょう？　あの裏通りにあるの。蔵を改装したスペイン料理のお店で、おしゃれで美味《おい》しいの。居心地よすぎて長居しちゃうのが難点だけど。――あ、そうだ。小林くん。社宅、ちゃんと戸締まりしてる？　最近空き巣が多いみたいだから気をつけて」

やはり多岐川は少し変である。いつも事務連絡か小言《こごと》しか口にしないのに、めずらしく饒舌《じょうぜつ》である。しかし沈黙が続くよりマシなので、先に届いたサラダと割り箸《ばし》を前に、「空き巣ですか」とぼんやり返す。高も、社宅の郵便受けの下あたりに『空き巣注意！』というポスターが貼られていることは記憶していたが、正直あまり気にかけてはいない。

「俺三階なんで、実は台所のとこだけ少し窓開けてるんですけど」

「絶対閉めるべき。ゆうべ、うちのベランダにも足跡ついてたから」

「——は？」

思わずよそ見をしてしまい、割り箸が変な形に割れてしまった。高は手元と多岐川の間で幾度か視線を往復させ、ひとまず箸をテーブルに置く。

「それ、俺知らないです。ゆうべそんな騒ぎになってました？　警察来てましたっけ？」

「来てないけど」

「え。なんで……」

「呼んでないから」

至極《しごく》当然のように多岐川が言い、高は顎がはずれる思いだった。

「えーと、まさか、そのままスルーしたってことですか」

「ええ。窓も玄関も鍵《かぎ》かかってたし、誰かが入った感じはしなかったし。洗濯物《せんたくもの》干してたわけじゃないし」

「そういう問題じゃないですよ！　待ち伏せされたりとか、帰ってきたところを狙われたりとか、いろいろあり得るじゃないですか！」

訴えるも、多岐川はきょとんとしていた。

「なんで怒るの」

「ふつう怒ります！　当たり前です！　婚約者にそのまま話してみてください、確実に一時間は説教くらいますから！」

マジかこの人、こんな感覚でひとり暮らしやってんのか——とあきれるやら腹立たしいやらで言ってしまってから、高はハッと我に返った。

「……婚約者……」

つぶやいた多岐川は、眉《まゆ》を寄せている。しまった。興奮のあまり彼女のプライベートにうっかり踏みこんでしまった。いやしかし、言っていることは間違いない。誰が判定しても高に軍配《ぐんばい》を揚げるはずだ。自信がある。自信があるが、心臓が早鐘を打つのを抑えられない。

「……るい」

不意を打って、多岐川が何事かつぶやいた。

「……はい？」

よく聞き取れずにおそるおそる訊き返すと、多岐川は頬《ほお》にかかる髪をよけることもなく、刀剣さながらの鋭い目で高を見据え、丸太さえもぶった切る勢いでこう言った。

「その情報、古い」

瞬間、高の中のあらゆる機能が停止する。その拍子にたぶん身体《からだ》のどこかが壊れた。変なところで鼓動を感じ、びっくりするほど大量の汗がにじみ出てくる。

「………………あ、あとで好きなだけ殴《なぐ》ってください」

「なんで」

高がようやくひねり出した一言が軽く撥《は》ねつけられたタイミングで、オムライスがきた。とろとろたまごにデミグラスソースがかかった、最高にテンションがあがる、はずのオムライスである。が、今だけは全然気分があがらない。あがるわけがない。

「ごゆっくり、どうぞ」

運んできた髭《ひげ》の店主の気づかわしげな声が身にしみる。こんなご馳走《ちそう》を前に地雷踏むとか最悪だ――てか津田《つだ》くん最新情報くれ――と、痛む胸を押さえながら、高はとりあえず食べるしかない。一心不乱に食べるしかない。そうしてあっという間に皿の上がカラになった高を待っているのは、口を開くのも、スマホを見るのも、息をするのもはばかられるような気まずさである。ちょっと消えたくなってくる。

しかし、多岐川の方は意外にフラットだった。もともと苛立っていたから鬼の形相《ぎょうそう》になってもおかしくないのに、仕事に集中しているときと同じ顔で、黙々とオムライスを口に運んでいる。あまり視点が定まっていないように見えるのは、元カレのことを思い出しているからだろうか。津田情報では、確か、英語教師という話だったが——。

「——ん？」

思わず声が出た。その拍子に「なに」と、多岐川が目を向けてきたが、高はとっさに言葉が出ずに無為に口を開けたり閉じたりする。

シャクナゲ支店への聞き取りでは、船谷が持ち帰った外貨は、英会話クラブの特別講師への謝礼のために用意されたものだということだった。船谷と渡辺のやり取りから推測するに、その講師が「ヴィッキー」なのだろう。それは別にいい。問題はその「ヴィッキー」の発音だ。渡辺はやけにネイティブっぽい発音でその名前を口にした。たぶん、あの人も英語教師。そしてあの人はこちらに対して妙に親しげで、多岐川は昨日から苛々していて、今日もなんか変で——つまりそういうことではないのだろうか。

高は、息を呑《の》んだ。地雷を踏んだばかりでまた踏みに行くなど馬鹿げているが、このタイミングを逃したら一〇〇年先まで訊けない。勇気を振り絞《しぼ》るしかない。

「た、多岐川さん。あとで好きなだけ殴っていいんで、訊いていいですか」

「だからなんで暴力前提なの。……なに？」

「あの、渡辺先生ですか。その、元・婚約者……」

水をかけられても皿が飛んできても甘んじて受け入れるつもりで、高は歯を食いしばった。

多岐川は、怒らなかった。苛立ってもいなかったし、不機嫌にもならなかった。

「……勘がよすぎると腹が立つものね」

そう言って髪を耳にかけ、ふう、とひとつため息をつき、

「言っておくけど指輪とかもらってないから。婚活イベントで知り合ったからそういうふうに言われてただけだから」

言い訳みたいに並べ立てたあと、自棄《やけ》っぽく大きな口でオムライスを頬張った。

「婚活……」

「おかしかったら笑っていいけど」

ぶんぶん首を振る。

「笑えないっすよ。ていうか、笑ってる場合じゃないですよね。あの人、多岐川さんがな銀にいることも、監査部にいることも知ってるんですよね？　知ってて苦情入れてんじゃないですか？　今日のことも、渡辺——キサさんのことも」

渡辺キサはそもそも通帳の不具合を深刻に受け止めていなかったし、船谷は最初からこちらの言い分に理解を示していた。どちらも単独なら揉《も》めることはなかったのではないだろうか。彼が介入したから苦情になっただけで。

いや、そもそも苦情自体どうなんだ。

磁気不良をくり返す渡辺キサの通帳は笑えるほど磁気まみれの缶の中に保管してあり、船谷は単純な連絡ミスで購入する外貨の金種を間違えた。どちらも作ろうと思えば作り出せるトラブルではないのか。金融機関に勤める知り合いがいて、人よりもほんの少し業界に詳しければ――。

そこまで考えが至ったとき、高は震える思いがした。

「多岐川さん。これ、矢岳《やたけ》さんに報告――」

「しません。この前の調査対象は渡辺キサさんで、今日は船谷先生。それだけでしょう？ごちそうさま。行きましょう」

多岐川がサッと伝票を持って立ち上がり、レジに向かった。上着を脱ぎ、スマホをテーブルの上に出していた高は、鞄《かばん》とそれらを慌ててかき集めて後を追ったが、多岐川は素早く勘定《かんじょう》を済ませて外へ出て行く。パッと赤い傘を開き停留所に向かう彼女の足は、鋭いかかとでアスファルトを削《けず》る勢いだ。

「あの、多岐川さん。さすがにダメです。俺でも分かります。それは伏せたらダメなやつ」

「でも報告してどうするの」

停留所の前で、多岐川はキャメル色のトートバッグを抱え直して静かに言う。

「あの人の行動に違法性はないでしょう?」

「でも、わざと苦情になるトラブル作ってるのかも」

「それを裏付けるものがある?」

「ないです。でも、ベランダの足跡も、もしかしたら」

「ありえない。靴《くつ》のサイズが違いすぎる」

——名探偵かよ。多岐川の場違いな冷静さに妙な歯がゆさを覚えながら、高は必死で反論の余地を探した。まったくなかった。何もかも多岐川の言う通りだ。だが、安易に納得してはいけない。それだけは分かっている。

そう、ひとりでヤキモキしていると、多岐川が形のいい目でじっと高を見つめてきた。

「小林くん。確かお姉さんが三人いるんじゃなかった?」

「は? あ、はい。そうですけど……」

どうしていきなりそこに飛ぶのだ。怯《ひる》む高に、多岐川は「だったら分かるわね?」と言って、なぜかにっこり笑って見せた。

「にこにこしてるうちに折れなさい」

「はいっ——あ……」

笑顔の脅《おど》しに条件反射で屈してしまった。額を打って後悔《こうかい》するも、「よろしい」とすまし顔で返す多岐川は、もはや訂正《ていせい》など受け付けてはくれないだろう。――やられた。

遠くから警笛《けいてき》が聞こえ、路面電車が近づいてくる。くしくもなな銀のラッピング広告を施《ほどこ》した電車だ。しきりにワイパーが動く運転席の真下に、テンテンののんびりした顔がプリントされている。

高は、傘の柄を握りしめつつ、そのテンテンに願掛けするしかない。

――もうあの人絡みのトラブルがありませんように。


結論から言ってテンテンは神さまでもなければ縁起物《えんぎもの》のたぐいでもなく、単なるずんぐりむっくりしたテントウムシのキャラクターだった。だからいくら高が必死に祈ったところで願い事など叶わないし、当たり前のようにイレギュラーは起こった。

学校を訪問した翌日、多岐川が始業時間になっても姿を見せなかったのだ。

「矢岳さん。多岐川さん、休みですか」

昨日の今日のだ、すわ何かあったのではと焦った高だったが、何も知らない班長・矢岳は、いつもどおりの穏やかさで「違うよ」とゆるく否定した。

「タキさんはトッカン。今日はほとんど不在だから、そのつもりでね」

「トッカン……って、特別監査、ですか」

よくある「監査が入る」といわれるものは、監査課が事前に日時を通知して行うもので、通常監査と呼ぶ。対して、通称トッカンと呼ばれる特別監査は、無通告で入る監査だ。

なな銀の業務で使用される機器類は実はすべてオンラインでつながっていて、通常行われることのない操作がなされたときにはそれを異常操作として検知し、監査部に要・調査事項として伝達されるのだ。これを受けて行うのがトッカンである。ただし、要・調査事項でも対店舗《てんぽ》のことなので、担当は調査課の業務班。堤《つつみ》が所属する班で、コトリは関係ないはずだ。

「押塚《おしづか》さんが昨日から休んでたからね。タキさんに行ってもらうことにしたんだ。監査に女性は必須《ひっす》だから」

「ああ……なるほど」

監査の始まりは行員の持ち物検査から、と決まっている。顧客《こきゃく》の通帳を私的に預かってはいないか。他人の印鑑を所持していないか。個人情報を持ち出したりしていないか。細かくチェックされるのだが、さすがに女性の手荷物を男が見るわけにはいかない。監査に女性が必須というのはそういう意味で、もともと監査部には女性が少ないので、突発的な欠員を埋めるのに多岐川が駆り出されるのは道理である。あちこち駆け回って大変だな、とは思うが、今回に限ってはかえって気分転換になってよかったかもしれない。高ですら、昨日はいろいろと考えすぎて少しも心が休まらなかったのだ。

「あれ？　多岐川は？」

十時を少し過ぎたころ、お客さま相談室の土井室長が訪ねてきた。

「タキさんはトッカンですよ。急用ですか？」

「いいえ。いないならいいの。ゆうべ飲ませすぎたかな、と思って様子見に来ただけだから」

「ゆうべも行かれたんですか？」

驚く矢岳に、土井室長は「美味《おい》しいお店見つけたの。今度みんなで行きましょう」となめらかに答えた。

高は、二人が二日連続で夜の街に繰り出したことを知っていた。どうも、多岐川は室長にだけは何でも話しているようだ。渡辺キサ宅を訪問したあとには元カレの気配を察して、昨日は訪問先で鉢合《はちあ》わせして、それぞれ飲みながら話したのだと思う。その話し方が「相談」だったのか「愚痴《ぐち》」だったのかは定かではないが、あの多岐川も一応よりどころを求めるのだな、と思うと妙に感慨《かんがい》深いものである。

と、物思いにふけっていると、室長が高を見てにこっとした。

「小林くん、昨日多岐川を叱《しか》ったんですって？　やるわね」

何のことかすぐに思い当たらず、高は「へ？」と間抜けな声を出した。高の昨日の記憶は渡辺の不気味さと思いきり多岐川の地雷を踏んでしまったことの二点だけで大半が埋まっているのだが、よくよく思い返せば、無謀《むぼう》にも多岐川の不用心さを注意したのだった。

「なんのこと？」

不思議がる矢岳に社宅の足跡の件を話すと、彼は眉根《まゆね》を寄せて「ああ」と笑った。

「タキさんって何でも自力で解決しちゃう人だからね」

「かわいくないわよねえ。だから結婚できないのよ。なんて言ったら怒られるわね。内緒よ？」

じゃあね、と茶目っ気たっぷりに言って、室長は帰っていった。去り際に高に意味ありげな視線をよこしたのは、彼女も高と同じく渡辺（孫）のことを口止めされているからだろう。

「多岐川さんと土井室長、仲いいんですね」

室長が行ってしまってから、高はしみじみとそう言った。年齢だけなら二〇歳くらい離れているはずだが、少しも距離のない二人だ。

「室長はタキさんが新人のときの教育係だったんだよ。それで、今はタキさんの指針」

「指針？」

「そう。ここ数年言われてるよね。女性の活躍とか、女性管理職を増やそうとか。なな銀も同じなんだけど、もともと寿《ことぶき》退社が多い業界だったから人材が育ってなくて、優秀な女性の囲いこみに必死でね。タキさんも早くから本部に引っ張られて、大いに期待されてるんだ」

「なるほど。室長と同じ道歩いてるってことですね」

「そういうこと。ちょっと妬《や》けちゃうよね。室長、僕なんかよりよっぽどタキさんから信頼されてるんだよ？」

　ドキ――と、心臓が跳ねあがった。まさに多岐川が室長に話し、矢岳に伏せている事実があることを、高は知っている。むろん、渡辺（孫）が連日の苦情に関与していることも、その挙動が怪しいことも報告済みで、伏せているのはただ一点、渡辺が多岐川の元交際相手ということだけだ。全体像から見ればほんの一部。だが、その一部があるかないかで全体の見え方がずいぶん違うのも事実である。

　これは絶対に矢岳とも共有すべき情報だ。報告すれば何らかの解決策を提示してくれるだろうし、彼なら秘密も守ってくれるだろう。ホウ・レン・ソウの徹底は社会人の基本中の基本だ、伏せておく方がマズいと思う――と髙の心は揺れるのだが、多岐川の目を思い出したらそんな迷いも一瞬で消えた。無理だ。今は多岐川ににらまれる方がずっと怖い。

そう、ひそかに葛藤《かっとう》しながら、全部あんたのせいだよ、と髙は内心で渡辺（孫）を罵《ののし》った。

シャクナゲ支店に再度確認をとったところ、船谷の外貨両替について苦情が入ったとき、電話をかけてきたのは船谷本人ではなく若い男性だったことが判明した。落ち着いているのに威圧的な感じがした、と電話を受けた職員が証言したから、電話の相手は十中八九渡辺だ。

これで少なくとも、二つのトラブルを苦情に発展させたのは渡辺だと分かった。

正直、むかむかする。

連日あがった二件の苦情は、どちらも作為的なものである。しかし問い詰めれば簡単に言い逃れできるものだし、やっていることは法に触れることでもなく、あからさまな迷惑行為でもない。その一方で客という圧倒的に優位な立場からじわじわと攻めてくるようなやり方だ。嫌がらせとしては出来がよすぎる。

どうすればいいのだろう。

業務上の案件は、報告書が仕上がればそれで終了である。しかし多岐川の件はそうはいかない。どちらがフッたか知らないが——たぶん多岐川の方だと思うが——渡辺の方がまだこだわっているのは明らかで、純粋に多岐川に会いたくて策を弄《ろう》したのなら完全に手段を間違えていると思うし、逆恨みから始めたことならのちのちエスカレートしかねない。早めに手を打つべきだ。しかし、状況が状況だけに周りに言いづらい多岐川の気持ちも分かる。

どうすりゃいい？

昼を挟み、まとめあげた報告書を読み直して、やっぱり答えが見えずに「はあ……」とため息をついたときだった。

「小林くん、電話だよ。昨日訪問した、船谷先生」

矢岳に受話器を向けられて、高はサッと緊張した。父の形見《かたみ》の腕時計が、間もなく十三時半をさそうとしていたときだ。すぐに電話に出ると、

「あ、お忙しいところすみません。先日の、船谷です」

と、船谷が恐縮したように話し出した。昨日よりも声がやわらかい感じがした。しかしなぜか妙に焦っている様子で、「どうされましたか？」とたずねた高に、「それが、実は」と舌をかみそうな早口で告げる。

「先日の外貨両替なんですけど、さっき、間違って買った分を売却に行ったんです。でも

五〇ドル札一枚にエラーが出たって言われて、買い取りを断られて」

「えっ」

「それはいいんです。あ、よくはないんですけど——でもそれより、渡辺先生にそれを知られてしまって。自分が両替してくるって、さっき、支店に出かけて行ったんです。すごい剣幕で、またトラブルになるんじゃないかと思って、お電話を」

マジか。髙は受話器を握ったまま瞠目《どうもく》した。

エラーが出たということは偽札の疑いがあるということだろう。なぜ混入したのかはひとまず脇に置いておくにしても、このトラブルはまた渡辺に格好の機会を与えることになる。

隣の席から矢岳が視線を差し向けてきた。トラブルのにおいがしたのだろう。いつもの笑みが消えている。髙は、「ご連絡いただいてありがとうございます。こちらもすぐに支店に向かいます」と告げ、電話を切ろうとした。しかし、その寸前で船谷の声が耳を打つ。

「あの女性の方は来ない方がいいと思います！」

「……何かご存知ですか、多岐川のこと」

一瞬息をつめたあとにそうたずねると、船谷はとたんに口ごもった。

「いえ、あの、渡辺先生が前にいた学校に仲のいい先生がいるもので……お話聞いていて。

歓迎会のときに恨みごとを言っていたので……いえ、お酒の場のことなんですけど。その、もしかしてわざと彼女を困らせるようなことをしているんじゃないかと、気がかりで……」

「わざと……？　何か細工《さいく》しているということですか？」

慎重に問い返すと、船谷は是《ぜ》とも否《ひ》とも言い難いような、もどかしげな吐息をもらした。

「確証はないです。でも渡辺先生、よく渡米なさってたらしくて、高額紙幣《しへい》は偽札が多いって話しておられたので……」

なるほど、あえて偽札を混ぜた可能性があるということか。トラブルを作って苦情をあげる——昨日までの二件と同じ手口だ。

多岐川が不在でよかった。いくら冷静な彼女でも、元カレが三度トラブルを持ちこんだとなれば動揺するだろう。

船谷に礼を言って電話を切り、高は一度深呼吸した。

行くしかない。本音ではトラブルも苦情も御免なのだが、あいにくここで逃げ隠れするほどひ弱な精神は持ち合わせていない。

しかし一方で、コトリは常に二人一組だ。高が単独で動けるわけではない。今日組むなら矢岳しかいないのだが、肝心《かんじん》なところを彼に伏せたまま、渡辺の前に出て大丈夫だろうか。

「小林くん、何かあった？」

たずねる矢岳に、ひとまず電話の内容を報告した。三度目の作為的なトラブルである。さすがの菩薩《ぼさつ》も顔をしかめるだろうと思いきや、彼は意外に驚かず、むしろ落ち着いた様子で「それだけ？」と訊き返してきた。その問いかけの意図するところがピンとこなくて、「はい？」と首をかしげると、矢岳は椅子《いす》を回転させて身体《からだ》ごと高の方を向き、軽く頬杖《ほおづえ》をついて、なぜか光があふれ出るような極上《ごくじょう》の笑みを浮かべる。

「僕、ちょっと気になってたんだけど」

「はい」

「タキさん、例の磁気不良の調査から様子が変だよね」

「そ——そうですか？」

「そうだよ。だってタキさん、普段は週末以外に飲みに行ったりしない人だから」

ぎくりとする。「へー」と答えた声は、自然に聞こえただろうか。顔は引きつっていないだろうか。高の心配をよそに、矢岳はさらに笑みを深める。

「昨日会った先生、渡辺キサさんのお孫さんだったんだよね？」

矢岳の視線が高の頬に一直線に刺さってくる。心なしか椅子の距離も近づいている。

「タキさん、英語の先生とお付き合いしてたんだよね。年度末にイメチェンしてきたんだよね。何かあったかなあって、実は心配してたんだよね」

詩を詠《よ》むようなゆったりした口調なのに、なぜかじりじりとネクタイを締めあげられているような圧迫感。矢岳の笑顔が、いっそう輝いた。

「他に報告することがあるよね、小林くん？」

「——すいませんでしたっ！」

高は、ついに白旗をあげた。あげてしまった。あとでどれだけ多岐川から恨まれても、今、この瞬間すべてを告白していた方が身のためだと悟った。本能的に。

「……なるほど。そういうこと」

おそらく十のうち九割九分はとっくにお見通しだったに違いない。腕組みしつつ事実確認する矢岳に、高は「……はい……」とうなだれるようにうなずいた。報告が遅れたのだ、多少きつく言われても仕方がなかったが、班長・矢岳は高を責めることはしなかった。

「今回は口止めしたタキさんが悪いね」

「いやでも、隠したい気持ちは分かるというか。俺はたまたま地雷踏んだから知っちゃったけど、誰だって大っぴらにしたくはないと思います」

「でも伏せたところでいいことがある？」

「ないです。でも、多岐川さんが気まずい状況から逃げなかったことは評価してください」

別れた恋人と仕事の上で再会する——という状況に直面するとき、人は二つのタイプに分かれると思う。どうにかして相手を避けようとするタイプと、心を殺して仕事相手として向き合うタイプ。

多岐川千咲《ちさき》は後者だ。不意打ちで元カレが現れても、驚いた様子はあったが即座に逃げ出すようなことはしなかった。高が地雷を踏まずにいれば最後まで相手を一顧客《こきゃく》として扱ったことだろう。彼女が内心どう思っていたかはともかく、そういう公平性とプロ根性は認められるべきだ。

ちょっとムキになってそう訴えると、矢岳はうなずき、高の意見を受け入れてくれた。

「分かってるよ。タキさんはそういう人。ベランダの足跡の件もそうだけどね。どんなトラブルも自分で判断して、対処できる。でも、それとこれとは話が別だ。小林くんは知ってるよね？　クレームつけたがる人は、クレームつけたいだけじゃない」

ひとつひとつ石を積み上げるように矢岳が言い、高は押し黙った。自然と若村俊子のことが頭に浮かんだ。ナノハナ支店で『あの人もうストーカーだよ』と揶揄《やゆ》された、若村のこと。

震えがきた。目が覚めたような思いである。渡辺の行動がエスカレートしかねないと自分でも一度は考えたはずなのに、今、同じ懸念《けねん》が急に色濃い影になって背後に迫るようだ。

「ど、どうしましょう矢岳さん」

慌てる高と相反して、矢岳はすんなり伸びた指で「うーん」と顎《あご》をなでた。

「タキさんには、結婚はともかく、寿《ことぶき》退職されるのは困るなあと思ってたんだよね。そういうふうに足を引っぱるような相手なら、なおさら困る。――ご退場願おうかな」

まるで夕食の献立《こんだて》を決めるような気軽さで、矢岳が席を立った。世の女性の大半がイケメン判定するであろうその顔に浮かぶ、やさしい笑み。

なぜだろう。いつもと同じようで、どこか違う笑顔に見えた。

シャクナゲ支店に到着すると、渡辺が窓口で吠えていた。

「どうしてそちらで販売したものが買い取り出来ないんですか」

感情的になっているわけではないが、高圧的な口ぶりで、若い女性行員と上司であろう男性二人に詰め寄っている。

シャクナゲ支店は比較的新しいらしい。きれいなロビーには数名の客がおり、いつ爆発するかとひやひやするような顔で遠巻きに渡辺を見ている。嫌な空気である。

「渡辺さま！」

表から入店してすぐ高が声をかけると、振り向いた彼は高の姿を認めて眉《まゆ》を歪めた。次いで周りに視線をめぐらせ、おそらく多岐川を探した。そしていないと分かると開き直ったように渋面《じゅうめん》になり、

「今日は男性だけですか」

「多岐川は別件で不在にしています」

高はなるだけ穏便に聞こえるようにそう説明した。気持ちは牙を剝《む》いているが、こちらが喧嘩腰《けんかごし》になっても話がこじれるだけである。矢岳もまず丁寧《ていねい》に頭を下げ、

「多岐川のお知り合いなんですね。矢岳といいます。連日お世話になっております」

穏やかにあいさつを済ませたあと、流れるように渡辺を応接室に誘導した。まるで自分の家のような振る舞いだったが、他にお客がいる状況下での苦情は、別室対応が基本である。あらかじめ電話を入れていたので支店側の反応も早く、ドアを開けたりお茶を運んだりと後方支援をしてくれた。

そうして態勢が整い、応接室のソファセットに二対一という形に落ち着くと、

「こんなところで多岐川のお知り合いにお目にかかれるとは思いませんでした。彼女は優

秀ですよね。才色兼備《さいしょくけんび》っていう言葉がぴったりで。仕事が早くて正確で、いつも彼女に助けられているんですよ」

――なぜか世間話が始まった。

矢岳は問題の五〇ドル紙幣をカルトンに載せたままローテーブルの上に放置し、何も知らないような顔をして次々に多岐川の話題をふっていく。渡辺も、不審そうにしながらも「はあ、そうですね」といちおう話を合わせていて、髙がひとりでそわそわしていた。

どうしたいのだ、班長は。

「彼女、何でもできてしまう人ですから、あまり周りに頼ることをしないんですよね。僕もあまり信用されていなくて」

髙の疑問が解けないまま、矢岳の話にボヤキが入り始めた。地味に気にしていたのかと意外に思っていると、渡辺が急に援軍を得たかのような顔で「そうですよね！」と語気を強め、

「千咲さんはどうも底が見えないというか。なつかない猫みたいなところがある」

「ああ、分かります」

「常識的で気も利《き》くし、親切なんですが隙《すき》がない」

「ええ、少しくらい気を抜いてもらっても構わないんですが」

「職場でもそうなんですか？」

「そうですね」

あははは――って、これ苦情対応だったよな？　なんで盛りあがってるんだ？

高は目の前で展開される会話にまったくついていけない。渡辺の怒りはどこへ行ったのだ。矢岳の思惑《おもわく》はどこにあるのだ。ひとりだけ迷路の真ん中に放りだされたような気分である。

「そうだ。聞いてくれますか」

話が弾んですっかり調子づいた渡辺が、わずかに身を乗り出した。

「彼女、探偵みたいなこともするんですよ。こそこそ調べて、私が告げていないことを知っているんですよ。職業病ですか」

職業病……とくり返した矢岳が、かすかに笑った。

「そういう性《さが》なんだと思います。彼女は勘がいいんですよ。監査に向いている能力ですね。異状に対して敏感で、頭が回る」

「いや、あれは調べなければ分からないはずだ」

渡辺は食い下がるように前傾で訴えてくる。矢岳は「後ろ暗いことを隠しているから多岐川に勘づかれたのだ」と遠回しに言っているのだが、彼は察していないようだ。

浮気か借金か、他のもっとヤバいことか。渡辺は多岐川に対して隠しごとをしていたらしい。ひょっとすると、別れの原因そのものがその秘密にあったのかもしれない。彼が本来の目的だったはずのこと――五〇ドルのことを、すっかり忘れているのがその証拠である。

やはりクレームなどどうでもよかったのだ。彼の本当の目的は多岐川。単純に会いたいのか、困らせたいのか、はたまた彼女とやり直したいのか知らないが、やるならよそでやってくれ、というのが高の正直な意見である。

だいたい、監査部的にも介入できるのは五〇ドルの処理までだ。さいわいこの偽札判定された五〇ドルは船谷が購入したものである。渡辺から五〇ドルを取り上げ、船谷との直接対応に持ちこみ、話し合いを持てれば監査部の業務としては終わりが見える。

そのためには、中ボスのごとく立ちふさがるこの渡辺を、穏便に退かせなければいけない。矢岳はどういう流れでそこに持っていくつもりなのだろう。

高が上司のきれいな横顔を盗み見た、そのときだった。

失礼します――と外から断りが入った、と思った瞬間、バンと扉が開かれた。

なぜいるのか。多岐川である。後ろには、左手をポケットに突っこみ、右手で車の鍵《かぎ》を弄《もてあそ》んでいる堤もいる。

特別監査を終えて本部に戻って、慌ててこちらに飛んできたというところだろうか。堤は疲れ顔であるが、多岐川の気迫といったら、とてもひと仕事終えてきたようには見えない。通常モードがピカピカの刀であるなら、今の多岐川はまるで数百年の封印を解かれた伝説の妖刀。昨日は終始素知らぬ顔を貫いていたというのに、今は眉を吊り上げ、あの攻撃力の高そうなピンヒールでつかつかとソファセットの脇まで歩み寄ってくる。

「いい加減にしてください」

多岐川の第一声は、聞くものの呼吸を奪うような重圧を持っていた。下っ端の高はもちろんだが、かつては彼女の隣が居場所だったはずの渡辺も、背中に棒を通されたように緊張している。悠然《ゆうぜん》としているのは矢岳だけだ。堤も肩をすくめているが、「おっかねー」と顔に書いてあるから、どちらかと言えば矢岳に近い。

あっという間に場を支配した多岐川は、視線で貫くように渡辺を見た。

「苦情をあげていただくのは構いません。必要があればいくらでも対応します。それが他意なく起こってしまったことであるなら。でもそうでないのは――」

「多岐川さん。落ち着いてください」

急速に熱を帯びていく多岐川を、矢岳が静かに諫《いさ》めた。はじめて聞く、上司らしい口調である。多岐川が思わずというように口を閉ざし、不満げに矢岳を振り返る。

　彼は、もういつもどおりの顔で、ゆったりと多岐川に語りかけた。

「そういう言い方をしたら、他意があるように聞こえるよ」

「え……？」

　一瞬眉をひそめた多岐川が、目の端をきつくして髙を見た。そこ報告してないの、と言わんばかりの表情だが、作為的なトラブルについては報告済みだ。だからここまで飛んできたのだ。どうして矢岳はそんなことを言うのか。髙はすがるように彼を見た。

　矢岳は、やっぱり笑顔だった。

「渡辺さまはタキさんの知り合いなんだよね？　だったらタキさんのことをわざわざ困らせるようなことをするわけがない」

　脳裏《のうり》に特大の疑問符が飛ぶ。出発前までに言っていたことと真逆である。

　髙も多岐川もはっきりと戸惑ったが、班長・矢岳はそんなことなど見て見ぬふり。

「通帳の磁気不良なんてよくある話だし、両替の金種間違いだってちょっと行き違いがあっただけだよ。よくある話。逆に故意にやろうなんて考える人を探す方が大変だと思う。もちろん――今回お持ちになった米ドルの中に偽造紙幣《しへい》が混じっているのも、偶然ですしね？」

　矢岳が渡辺にほほえみかけた瞬間、室内の温度が急速に下がった気がした。

この状況で「はい」としか答えられない質問を投げるのか。そんなエグイ質問を、笑顔で投げてしまえるのか。それが矢岳のやり方か。

畏怖《いふ》と憧憬《しょうけい》が入り混じったような気持ちが、足元からじりじりせりあがってくる。多岐川も同じなのか、真顔を保ちきれていなかった。頬《ほお》が強《こわ》ばっている。

しかし、よく考えればそれはある意味やさしさのある質問かもしれなかった。渡辺が「はい」と答えれば、少なくとも偽札の件を警察沙汰《ざた》にせずに済む。トラブルはすべてたまたま起こったことで、偶然それらを知った渡辺が正義感から腹を立てただけなら――。

「……それは、もちろん。そうです……」

気《け》おされたように渡辺がうなずいた。当然だろう。否定したらその瞬間に通報されることくらい、誰にでも予見できることである。彼には他に選択肢がない。

「そうですよね」

矢岳が、心底満足したように肩で息をついた。

「業務上不都合なことがあればこれからもご説明にうかがいます。こちらは、船谷さまのものですよね。あとはわたくしどもから船谷さまに直接お話をさせていただきますので、ご心配なく。こちらは、お預かりいたします」

いつの間にかこの場の支配者になりかわった矢岳が、五〇ドルを手に席を立った。高も慌ててそれに続くと、つられたように渡辺も立ち、立ってしまうとそうするしかないように、戸口に足を向ける。

誰かが動けばその後に長い影が引きずられるような、ひどく淀《よど》んだ空気の中、そうして渡辺（孫）が持ちこんだ苦情は解決した。

ただしそれが円満解決だったかどうかは、どうにも判定しがたいところである。


――恋人と別れるときはいつもせいせいしていた。

ひと晩泣き明かして目を腫《は》らしたこともないし、暴飲暴食に走って翌日うめいたこともない。ちょっと心が落ち着かなくて寝つけなくても、翌朝六時に起き出してトーストを焼き、熱いコーヒーを飲んでいつも通りの日常を始めることができる。

そんな自分はきっといい恋愛をしてきていない。多岐川千咲の、それは小さなコンプレックスである。

「多岐川さん。矢岳さんたち、支店長と話してから戻るみたいなんで、先に帰りましょう」

シャクナゲ支店の正面玄関を出たとき、追いかけてきたのは小林高だった。社用車の鍵を握っている。気まずい状況下にあるアラサー女のご機嫌取りに遣わされたのだろう。可《か》哀想《わいそう》な話である。

「ごめんなさいね。厄介《やっかい》ごとに巻きこんだ上に、最後には面倒な役回りまで押しつけられたわね。気をつかわなくていいから。これで完全解決だから」

車に乗りこみながら先に予防線を張ると、運転席の彼はシートベルトを引き伸ばしながら苦笑いした。

「俺に気をつかってどうするんですか。大丈夫ですよ。俺、姉が三人もいるんで。しかも長女は甘やかし系で次女は一匹狼で三女はやたら俺に厳しくて――つまりタイプがバラバラなんで、大人のお姉さんに大泣きされても八つ当たりされても愚痴《ぐち》られても受け止められます。あ、でも我慢されんのは嫌なんで、ぶちまけたいものは帰り着くまでにぶちまけといてください。どっかに捨ててくるんで」

――できた弟だな。うちの弟と取り換えたい。

一瞬頭をよぎったものをそそくさと脇に置き、「何もありません」と取り澄ます。そっすか、と軽く答えた高は、それからしばらく黙っていた。

正直、追いかけてきたのが彼でよかったと思った。矢岳だったらやさしくフォローしただろう。堤だったら渡辺をこき下ろすことで千咲を慰めたかもしれない。でも、すでにせいせいしていた千咲は、どちらも欲しくなかった。むしろ沈黙の方が楽でよかった。黙っていても、高がいつもどおりに運転してくれるからなおさらよかった。彼の運転は、丁寧《ていねい》だ。

この春コトリ班に迎えた後輩——小林高は、犬に似ている、と思う。矢岳の前ではブンブンしっぽを振って、千咲の前ではきちんとおすわりしているお利口な犬。もうちょっとなついてくれてもいいんじゃない？　と、思うことはあるが、仕方のないことだ。千咲には人をなごませるような愛嬌《あいきょう》もなければ独身三十路《みそじ》をネタに変えられるほどの柔軟さもない。そしてわりと人見知りである。こちらが構えるのだから向こうも構えて当然である。

銀行員はモテるから——と、友だちに引っ張られて参加した婚活イベントでもそうだった。ただでさえ会話が弾まず、話が仕事のことに及ぶともう取り返しがつかなかった。世間的に監査部員と銀行員は別物らしい。所属を明かすとだいたいの人が気後れした。『どうりで知的で落ち着いた方だと思いました』と千咲を褒《ほ》めたのは渡辺だけで、そんな渡辺の留学中の話を楽しく聞いていたのは千咲だけだった。夏ごろの話である。

「あの」

助走をつけるような息継ぎのあと、高が声を発した。

「多岐川さん。あとで殴《なぐ》ってもらっていいんで、訊いていいですか」

だからなんで暴力前提――と言いかけて、呑《の》みこむ。そろそろ分かってきた。それは三人の姉に虐《しいた》げられ――否《いな》、かわいがられてきた彼の、常套《じょうとう》のクッション言葉なのだ。よけいな言葉ははさまず「なに」と問うと、

「渡辺さんの秘密って、なんすか。俺、すげー気になって。このままじゃ寝らんないです」

先ほどの応接室でのやりとりのことだろう。千咲の耳にもドア越しに聞こえていて、具体的な内容に及びそうになったときについ、踏みこんでしまった。

「別に、たいしたことじゃないんだけど」

「でも別れる原因だったんじゃ……？」

そのとおりである。彼の秘密が決別のきっかけである。千咲は、軽く息をついた。

「彼は九月に勤めていた学校の体育祭をはじめて見て素晴らしかったと絶賛した。そして年度末、別の学校に移ることになったと言った。――これが彼の秘密」

「えーと、意味不明です」

高は即答した。そりゃそうだと千咲は思った。ふつうは疑問に思いもしないことである。だが、千咲は気にしてしまった。問い詰めてしまった。結果、逆切れされて別れを突きつけられた。職業病と言われればそうかもしれない。白黒つけなきゃ先に進めないと思っ

た。これでも一応、将来のことを考えていたんだから。

「ヒントください。これじゃよけい寝らんないです」

高は、素直である。それがいいときもあれば悪いときもあると思うが、少なくとも今は悪くない。千咲は答えた。

「はじめての体育祭で感動して、その年度末に異動ってことは、その学校に在籍したのが一年ってこと。自分たちが学校に通ってる間、そういう先生いたことあった？」

「……ないです、ね。いても非常勤講師とか……あ、そういうことか。え？　仕事が不安定なのにそれ隠して婚活してたんすか、あの人！　それはさすがに不誠実っていうか！」

高が急にハンドルを強く握り始めた。少し怒ったようなリアクションに、千咲は驚く。

「そう思うの？」

「は？　他にどう思うんですか？」

「どうって。この女、ステータスだけで相手を決めるんだ、ってふつう思うでしょ？」

「へ――？」

信号待ちの車内で、どちらからともなく顔を見合わせる。

社用車は小さく、運転席と助手席の距離が近い。相手が矢岳だとその整いすぎた顔を直視するのは気後れしてしまうのだが、高は平気だ。彼はどこにでもいるふつうの男の子。

一度王子さまに見えたら、その人にだけ永遠に王子さまに見えるような、ふつうの子だ。

しかしそのふつうの子に、心底不思議そうな顔をされてしまった。

「そう言われればそうかもしれませんけど、はじめにあの人が打ち明けてて、多岐川さんがそれを認めてても、あの性格なら結果同じだったたんじゃないですか?」

直後に信号が変わり、高の視線が遠ざかり、車が再び走り出す。

しかし千咲は後輩の横顔に釘づけのまま、気づいたらそれまでよりもよけいにシートに沈んでいた。

びっくりした。今、すごく納得してしまった。六歳だか七歳だか年下の男の子の言葉に、「そうね」と、素で答えてしまった。そんな自分に驚いた。

だから別れてせいせいしていたのだ。だから渡辺が現れても最後まで仕事モードだったのだ。今頃になって気がついた。恥ずかしい話だ。三〇歳にもなって、自分の気持ちも満足に把握《はあく》できないなんて。

「でも結局何がしたかったんですかね、渡辺さん。放っといて大丈夫ですか? 実は向こうは未練あるんじゃないですか?」

千咲が動じているなど思いもよらないだろう。高が前を向いたまま鼻の頭をかき、千咲は煙をかき消すように「もういいの」と言った。

「あれはただの嫌がらせ。あそこまでいったらもうやらない。そんな馬鹿じゃない。それに、未練なんてあるわけがない。男の人って小賢《こざか》しい女は嫌いでしょ」

「俺はかっこいいお姉さん大好きですけど」

さらりと、俺オムライス好きです、みたいな口調で彼は言った。

レコードの音飛びみたいに一瞬思考が途切れ、千咲は、恋人の秘密を暴いたあげくにフラれて嫌がらせされて年下男子に救われている三十路女が世間一般的にどう見えるだろうか、ということを唐突《とうとつ》に考えた。

――究極にかっこ悪い。間違いなくかっこ悪い。後輩の女子に知られたら嘲笑《ちょうしょう》されるくらいかっこ悪い。そうに違いない。

千咲はシートベルトを握りしめ、前を向いた。

なんだかバツが悪かった。けれどなぜだろう、いつもだったら気にもしない県庁前のイチョウ並木が、青々としてとても美しく見えた。

四章　グレーは白には戻れません！

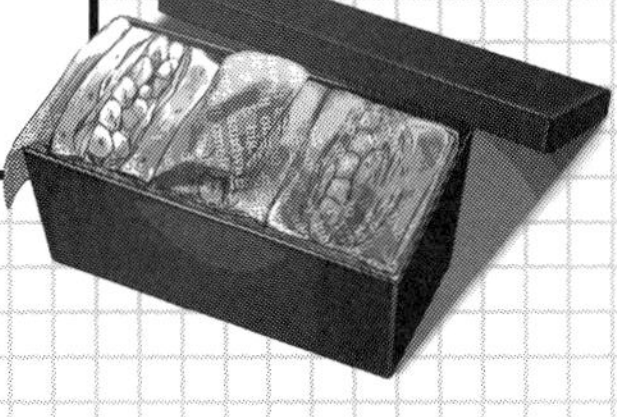

その日の朝、堤旺次郎《つつみおうじろう》は監査部調査課課長・花山《はなやま》に呼び出された。

小声で呼ばれた時点であまりいい予感はしなかったが、「なんすか」とのぞいた小会議室に、矢岳《やたけ》と多岐川《たきがわ》もそろっていたからぎょっとした。

「なんだよ、どーした。ついに小林《こばやし》が音《ね》をあげたか」

いつもの癖《くせ》で突っこんだ左のポケットの中で、小さな輪っかが指先に引っかかる。

——指輪、なくしちゃったの？　しょうがないなあ。わたしのあげるね。

一瞬場違いに噴き出してきた記憶を急いで押しこめ、代わりに問題の若手のことを考える。

同じ営業畑出身だと知って以来、何かにつけて「堤さーん」と甘えてくるコトリの下《した》っ端《ぱ》。彼が一度退職願を書いたことも知っているし、転職をほのめかしたこともある、営業の方に適性があるのも明白だが——いよいよ辞めると言い出したのか。

もしそうならどうしようか。新天地へ羽ばたいていくのを見守るか。次のチャンスが巡ってくるまで我慢させるか。他の二人はどう思う？　矢岳の反応はまあ決まったようなものだが、多岐川はどうか——。

そんなことを考えていると、いかにも監査部員らしい、真面目《まじめ》が服を着たような花山課長が、声をひそめて一同にこう告げた。

「この情報はまだ限られた者にしか伝えられないんだが——問題が発覚した。コトリ班と調査班の両方が関わる、おそらく手のかかる案件だ」

なんだ小林、全然関係ねーな。ホッとするも束《つか》の間《ま》、意外な方向に話が進んだ。

「この話は当分の間、他言無用で。特に、コトリ班——小林くんの耳には入れないように」

課長以外の三人で、思わず顔を見合わせた。


どんな組織も、女性の機嫌がよければうまく回る——というのが高《たか》の持論《み》である。女性が大半を占《し》める場合はもちろんだが、少数派の場合も意外と同じ。いや、少数派の方がむしろ、女性の機嫌次第で全体の空気の色が変わるような気がする。

そういう意味では、今日の監査部は灰色だった。朝から金切《かなき》り声《ごえ》が響いているからだ。

「もー、なんであたしばっかりこんな思いしなきゃなんないのー！」

丸みのあるショートヘアに指を差しこみわめいているのは、数少ない女性監査官のひとり、押塚渚《なぎさ》である。いつもカジュアルな装《よそお》いで、髪色も明るいので一見学生のように若々しいが、実態は三十二歳の子育て中のママ。先週子どもの体調不良で長く休んでおり、現在、たまった仕事に追われているのである。

高は、堤のデスクを借りて彼女の仕事を手伝っているところだった。渡辺の一件以来、コトリ班はのんびりモードで、通常業務が終わると手が空くので、他の班の仕事にも手を貸すようになったのだ。矢岳も多岐川も先ごろ課長から招集をかけられ、席を空けている。

「もー、子どもが熱出すたびに仕事休むのはあたしよー？　旦那《だんな》はぜんっぜんノータッチ。責任が違うって。確かに向こうは課長で、あたしは役職ないけどさあ！」

押塚は、猛烈な勢いでキーボードを叩きながら絶えず愚痴《ぐち》を吐いている。高はもはや仕事のサポートよりも愚痴聞き要員としての役割の方が重くなっているが、やめろと言うのも野暮《やぼ》な話である。彼女の不満を逐一《ちくいち》拾ってはうなずく。

「子どもに対する責任は父親も母親も同じですよね」

「そう！　まさにそれ！　分かってくれる⁉」

「姉も同じことで旦那と喧嘩《けんか》してました。——あ、こっち終わりましたよ。次行きましょう」

「うん、お願い。——でさ、うちの旦那、家事もぜんっぜん手伝わないのー！」

仕事の区切りが愚痴の切れ目になるかと思いきや、そうはいかなかった。だいぶストレスがたまっていたようである。周辺の男性陣が失笑するのが分かったが、そういう人ほど陰で奥さんからこき下ろされているに違いない、と思うと高は気軽に彼らに乗れない。他人の愚痴は、とりあえず一度は自分に置き換えて考えてみるべきである。

「小林くんは？　たとえば彼女と一緒に住んでたとして、どれくらい家事手伝う？」

押塚は、完全に集中力が切れたようだ。それまではいくら口が動いても手が止まることはなかったが、いつの間にか頬杖《ほおづえ》をついている。

「……手伝いは、しませんね」

自分の机の引き出しから持ってきたソーダ味の飴《あめ》を渡しながらそう答えると、押塚は「ありがとー」とさっそくそれを口に入れ、マスカラたっぷりの睫毛《まつげ》をバサバサと上下させた。

「でも小林くん、女子に家事全般やらせる人なの？　それってどうなの」

「そうじゃなくて。家事がお手伝いで済むのは子どものうちだけってことです。大人になったら家事くらいやって当たり前。これ小林家の教えです」

――という名目で主に三女にこき使われてきただけなのだが、押塚が朝日が昇るような笑顔で「小林くん最高じゃん！」と絶賛してくれたので、秘密にしておいた。なんにしても、高が中二のときに父が急逝《きゅうせい》し、一家の大黒柱が母に替わってから、小林家の家事の主体は子どもたちだったのだ。何でも自然と覚えていったし、それがすっかり習慣づいた今、炊事《すいじ》も洗濯《せんたく》も名のない家事も、毎日服を着替えることとあまり変わらない感覚である。

そう言うと、押塚は口の中で飴を転がしながら夢見るように熱いため息をついた。

「いいなあ。小林くん、ちょっと、結婚してよ」

「何言ってるんですか。旦那さん泣きますよ」

「泣けばいいじゃん。好きなだけ。——あ、タキちゃんタキちゃーん！　小林くんいいよー。最高だよー。結婚しなよー」

席に戻ってきた多岐川を見つけて、押塚が大きく手を振った。瞬間、付箋《ふせん》をとろうとしていた高は、引き出しに指を挟みそうになる。

先日同僚の前で冷戦のような修羅場《しゅらば》を繰り広げる羽目になった多岐川千咲《ちさき》、御年三〇。彼女はあの件以降びっくりするほど何も変わらなかった。翌日に仕事を休むこともなければ平日に飲みに行くこともなく、鎧《よろい》のようなパンツスーツと攻撃力の高そうなピンヒールできりりと決めて、バリバリ仕事をこなしている。

しかしそれがふつうに通常運転なのか、無理をしての通常運転なのかは見分けがつかないから、高はバレないようにこっそりと、しかしけっこう気をつかっている。というわけで、押塚が軽く口にした「結婚」の二文字には内心とても慌てた。

「押塚さん、『この家電便利だよ、買いなよ』みたいなノリで勧めるのやめてくださいよ」

「えー。売ってたらあたし買うよ？　定価でも買う」

「売ってませんから」

真顔でボケる押塚に本気でそう返すと、聞いていた多岐川が不思議そうに首をかしげた。

「何の話ですか」

「小林くんが、家事もできる育児にも理解のあるいい旦那になるって話。タキちゃんどう？　お勧め物件だよ。将来的にはプレミア必至。今なら定価でご提供」

「だから売ってませんって。しかも家電から不動産に変わってる！」

つっこみは、きれいに聞き流された。こっちは必死にネタに変えてこの話題から遠ざかろうとしているのに、押塚は両手で頬杖ついてワクワクしながら多岐川の反応を待っている。

そしてその多岐川は、眉《まゆ》をひそめるでもなく黙りこむでもなく、なぜかにっこりした。

「押塚さん、彼いくつだと思ってます？」

「――あ。そっか。タキちゃんにはちょっとお子さまか。どんまい、小林くん」

「なんでいい笑顔で励《はげ》まされてるんですか、俺。ていうか、言うほど歳《とし》離れてないですよ」

「めっちゃ下じゃん」

「そんな冷たい顔されるほどじゃないです！」

子どもの頃ならいざ知らず、今や七歳上の姉とも対等なつもりでいる。多岐川と押塚に二対一の構図をとられるのは不本意だ。いや、立ち返ってみると、高も年下だったら二歳差でもものすごく下に感じるが。さすがに「お子さま」というほどではないと思う。そりゃあ、人生の先輩たちから見れば頼りないだろうが、しかし……。

「小林くんが真面目《まじめ》に考えてる……タキちゃん、年下あるんじゃない？」

「家電も不動産も間に合ってます」

ちょっと悲しくなるくらいきっぱり言って、多岐川は外回り用の鞄《かばん》をたぐり寄せ、なにやら支度《したく》を始めた。高は、スイッチを切り替える。雑談は終わりだ。押塚の手伝いも終わり。もう巣に帰る。なんでか猛烈に帰りたい気分だ。

「外に出るんですか？」

多岐川にも飴玉を用意しながら、高はたずねた。デスクに小さいお菓子を備蓄しているのは、昼食を食いはぐれることが多かった営業時代の癖《くせ》である。

ありがとう、とそれを受け取った多岐川は、しかし口にすることなくポケットにしまい、

「土井さんからの依頼で、調査に行くの」

よし出番だと、高は肩に力を入れた。

今日はどんな調査だろうか。あまり難しくないといいが。

そんなこと考えながら早速手帳を開いて詳細を確認しようとすると、

「小林くん、お昼ごはん持ってきてる？」

多岐川はなぜかそんなことを言った。

「へ？　あ、いいえ。食堂かな、と思ってますが……？」

「じゃあこれあげる」

戸惑う高の目の前に、赤と白の縞《しま》模様の手提げが置かれた。ランチバッグのようである。

「なんですか、これ。……弁当？」

「そう。よかったら食べて。お昼には戻れそうにないから」

説明しながら、多岐川はてきぱきと外出の準備を進めていく。

高は、ランチバッグと多岐川の間で何度か視線を行き来させた。

「調査なんですよね。俺も一緒に行くんじゃ……？」

「今日は矢岳さんに同行をお願いします」

「え……なんか難しい案件ですか」

「ええ。フリーダイヤルに大きい苦情があがったみたい」

頬にかかる髪を払い、コトリ用のケータイを握りしめ、多岐川はため息交じりに続けた。

「本店で外貨の買い取りを断られたんですって。――今度は五〇ドルを、二枚」

「フォトジェニック」

ランチボックスのふたを開けた瞬間、高はそうつぶやいていた。

正方形のボックスに行儀《ぎょうぎ》よく並んでいるのは、サンドイッチである。しかも、エビとアボカドがあふれんばかりに挟まれた、豪華なやつ。野菜もたっぷり入っているのでびっくりするくらいの厚さになっているが、英字がプリントされたペーパーできちんとくるんである。ものすごく女子っぽくて妙にソワソワさせる弁当だ。なんとなく面《おも》はゆいような気持ちがするが、せっかくである、食堂の片隅で丁寧《ていねい》に手を合わせ、早速いただいた。

今日は天気もよく、空がきれいだ。窓辺の席につけば、青空の下に名城の瓦屋根《かわらやね》が輝くさまが見え、気分だけは贅沢《ぜいたく》なカフェランチのようである――が、どうもモヤモヤする。

なぜ今日の自分は留守番だったのだろう。

多岐川と矢岳は、あれからすぐに本部を発《た》った。高も一度は「俺、行きますよ」とやる気を見せたものの即座に断られて、苦情の内容も詳しく聞けないまま、慌ただしく出て行く二人を見送ったのである。

なんで留守番だったんだろう。改めて考えたが腑《ふ》に落ちない。

本店が買い取りを断ったということは、窓口で出された紙幣《しへい》が偽札だったということだろう。そうなると、「偽札はあり得ない」の結論も、顧客《こきやく》への対応方法も、黒沼みずほのときと同じになるはずだ。ふつうなら高を連れて行って実際に顧客対応をさせるところ。手本を見せたあとは実践《じつせん》させる、ＯＪＴとはそういうものだ。

それに、高は出がけの矢岳が「めんどうだな……」とつぶやいたのを聞き逃さなかった。独り言に聞こえたが、だからこそ本音だったと思う。高が行けば出なかった言葉だろう。そう考えると、ますます気持ちが片付かない。最近、矢岳にあまえっぱなしではいけないと思い始めたのだ。

「小林くん？　今頃お昼？」

悶々《もんもん》と考えているうち、声をかけられた。お客さま相談室の土井室長である。

「ここ、いい？」

「あ、はい。どうぞ」

他にも空いているテーブルはあったが、室長は高の向かいに腰かけた。彼女の昼食はきつねうどんだ。金色のスープからお出汁《だし》の香りがふわふわと立ちのぼっている。

「小林くん、お弁当なの？　彼女の手作り――じゃないわね。よく見たら多岐川のだわ。

あはは、あんまり進んでないわねえ。イマイチ？」

「あ、いえ！　うまいっすよ！」

「そのわりにはさっきから浮かない顔していたようだけど」

見られていたらしい。なんだか出来の悪いテストを母親に見つけられてしまったような気分で、高は頭をかいた。

「あー……えっと、今日、調査出るのにお呼びがかからなかったんで」

「あ、寂しかった？」

「さ――？　いや、寂しくはないですけど！」

思わず言い返してしまったが、「置いていかれた」感はある。改めて自覚したら、しゅんとしてしまった。

「なんで俺じゃダメだったんすかね。いや、多岐川さんって仕事できそうなんで、俺がいたら邪魔なの分かるんすけど。俺も二週間で使いものになるほどスーパーマンではないし……」

「ふふっ」

室長が、一味唐辛子を振りながらこらえきれないように笑った。

「考えすぎよ。今回はただ相手が悪いだけ。多岐川も自信がないから矢岳くんを頼ったの。

私も相談室で電話とったけど、久々に受話器握る手に汗かいたわあ」

「そんなヤバい相手ですか？」

「現職の県議会議員の奥さまにしてうちの大口預金者」

「おぉ……それはまた……」

パーソナルデータを出される前から強敵の予感がする。

「皆鶴《みなづる》さんっていう、もう何期目かしらね、だいぶ長く議員を務めている方の奥さまよ。あまり厳しい方ではないみたいだけど、店舗《てんぽ》の対応もマズかったから、より慎重な対応が必要なの。小林くんに何かあるわけではないので、気にしなくてよろしい」

いただきます、と、土井室長がうどんをすすり始めた。

ひとまず心配事が思い過ごしだと分かっていっきに心が軽くなった高も、大きく口を開け、二つ目のサンドイッチをほおばる。ぷりぷりのエビとゴマ風味のソースが最高である！

「やっぱり今回もどこかで偽札とすり替えられたんすかね」

がつがつと夢中になって残りを平らげた高は、すっかり落ち着いた気分でコーヒーを手に取った。

なな銀の仕組み上、販売用の外貨に偽札が混入することはあり得ない。それはすでに学んだところである。かと言って議員の妻が故意に偽札を混入させて騒ぎを起こしたところで夫の職務に悪影響を与えるだけだし、大口預金者がわざわざ一万円前後の金額を詐取《さしゅ》しようとするはずもない。今回もどこかですり替えの被害に遭《あ》ったと考えるのが妥当《だとう》だろう。

「それがそう単純には言えなくて」

つるん、とうどんをすった室長が、眉をきれいなハの字にした。

「あの奥さま、旅行に持って行くつもりで米ドルに両替したのに、当日封筒に入れたまま家に忘れて、結局一度も外に持ち出してないって言うのよ」

「え、そうなんすか」

となると、黒沼みずほの件とは少し事情が違ってくる。

「じゃあ、家に置いてる間にすり替えられた……？」

「そこが分からないところ。奥さまは両替を人に頼んでいて、頼まれた人はきっちり封をして、割り印までして渡していたみたい。奥さまが本店に売却に来られたときにも、開封した形跡はなかった。窓口担当者が確認してる」

「だとすると、その頼まれた人が怪しいってことですね」

「そうなっちゃうんだけど……それじゃ困るっていうか……」

「困る？」

意味が分からずそう訊き返すと、室長は慌てたように「それにね」とつけ加えた。

「偽札が五〇ドルだけっていうのが気になるのよ」

どこかはぐらかすように、室長は早口で続ける。

「奥さまが持っていたのは、全金種を組み合わせて合計七五〇ドル。そのうち、二枚の五〇ドル以外は全部真券だった。一〇〇ドル札もね。だからよけいにこう、気持ちが悪いのよねえ。全部が全部偽札だっていう方がまだ受け入れやすいと思わない？」

「そう、ですか……ね」

気持ちが悪い、というのは高にはいまいちピンとこない感覚だが、他の金種が混じっている中で、五〇ドルだけに偽札の申告が上がっている事実は確かに妙である。

それに、ここのところ外貨両替――とりわけ五〇ドル札に絡むトラブルが続いている。

黒沼みずほの件は海外ですり替えの被害に遭《あ》い、船谷の件は――真相をうやむやにすることで無理やり解決にこぎつけてしまったが――渡辺の細工《さいく》が疑われていた。

どちらも原因は異なるが、「またか」という思いはある。

「なんにしても、矢岳くんたちがよほどうまくやらないと痛いわよ。あの奥さま、電話口で預金を全部引き上げるとか言い出したんだから」

「うわ、それは大変っすね。……そっか、だから俺、留守番なのか」

顔をしかめながら、高は今回の多岐川の人選にようやく納得した。そんな重い仕事を、新任者にさせるわけにはいかないのだ。

しかし、それならそうと言ってくればいいと思う。別に面と向かって戦力外だと言われても傷ついたりはしない。事実なんだから。

高は、晴れ渡った空をゆるりと眺めた。

このまま戦力外だったら、そういう難しいクレームに対応することはないんだろうか。ずっとデスクに張りついて、書面調査票を出して、何の成果もあげないまま一日を終え、一週間を終え、一か月を終える。楽だろうな、と思う。

しかし、自分の中で確実に何かが枯れていく気がする。そしてたぶん、同じ時間で同期たちはどんどん成長していく。――それでいいのだろうか。

「あ、小林くん！」

物思いに沈んでいた高は、遠くから呼びかけられて我に返った。食堂の入り口から手を振っているのは、まさに高の同期。本店の津田《つだ》である。

「津田くん。お疲れ。今頃休憩？」

一直線に走ってきた津田は、高の問いかけに「とりあえず」というふうにうなずき、テーブルに乗りあがらんばかりの勢いで手をついた。

「ね、鍬崎《くわさき》くんが監査部に連れてかれてるでしょ？　大丈夫そう？」

「は？　鍬崎？」

　本店営業部の同期の名である。自他ともに認める歌舞伎《かぶき》役者風の顔をした、昨年度入行組の最高優績者。高は、困惑して訊き返した。

「連れてかれたって、なにそれ、聞いてないけど」

「え？　昨日お得意さんからものすごいクレーム入って、調査事案になったんでしょ？　内容は全然分かんないんだけど、相手が……議員の奥さん？　とかで、部長とか店長とか出ても収まんないみたいで、大ごとになってって」

「……議員の奥さん……？」

　思わず訊き返したとき、向かいの席から厳しい声が飛んだ。

「──あなた。それ、緘口令《かんこうれい》しかれてるはずよ」

　土井室長である。いつもと顔つきが違っていて、驚いた津田が飛び上がるように姿勢を正し、「すいません」と口を押さえる。高は、顎《あご》を引いた。

「室長。さっきの、皆鶴さんの両替頼まれた人って、鍬崎なんですか」

「ノーコメント。ただ、本店営業部の若い子が規則違反の指摘を受けて、業務班の聴取《ちょうしゅ》を受けてるのは本当」

やっぱりそうか。言外に伝わる事実に、高は苦い気持ちになる。

なな銀では、多岐《たき》にわたる業務の中で、営業部員が店舗外で行ってはいけない業務がいくつか定められている。その中のひとつが外貨両替だ。外貨は日ごとにレートが変わるので、申込みと決済を同時に完了できる窓口取扱いしか認められていないのだ。

もし鍬崎がそのルールを破ってしまったというのなら、聴取を受けるのは当然である。コンプライアンスの徹底が叫ばれる昨今、ただでさえ規則違反に対する目は厳しい。そのうえに偽札が混入していたとなると、事態は極めて深刻である。

高は、すぐに席を立った。


「だからー、業務じゃないんだって。俺は自分で請求書出して、自分の金出して、両替したやつを、個人的に皆鶴さんに渡したんだよ。伝票だって俺の名前で出てる」

鍬崎は、監査部の向かいにある小さな会議室で、うんざりしたようにそう言った。そこで彼が聴取を受けていると分かり、堤が「やめとけ」と言うのも聞かずに業務班班長に頭を下げ、面会の許可をもらったところである。

いつもはただの会議室。しかし今日は刑事ドラマに登場する取調室のような空気が漂うなか、髙はひっそりとため息をついた。

それまでいた業務班の担当者が席を外し、入れ替わりにやってきたのが見知った同期だったから緊張が解けたのだろう、鍬崎は長テーブルに片肘をかけ、椅子《いす》に斜めに座っている。髙も得意先とこじれた経験があるだけに、鍬崎もさぞ心労を感じているに違いないと心配したのだが、杞憂《きゆう》だったようだ。彼はとても聴取を受けている態度ではなく、重大な事態を引き起こしたのだという認識にも欠けているようである。

いや、そもそも鍬崎は問題意識を持っていなかった。

現在鍬崎が受けている聴取は、営業部員が禁止されている外貨両替を行ったことと、その両替した紙幣《しへい》の中に偽札を混入させたこと、の二点に関することである。鍬崎は、偽札については「知らねえ」の一言で、規則違反についてはは先に言った通り、あくまで個人的なやりとりだとして潔白を主張している。潔白だと思っているから問題意識もないのだ。

「はー。でも小林が来てくれて助かったわ。早く解放するように上の人に言ってくれる？」

「ごめん。俺、たいした権限持ってないんだ。気になって様子見に来ただけで」

「マジ？　なんだよ。期待したのに」

鍬崎は、椅子の背もたれにドッと寄りかかった。もともと気の強そうな顔つきだが、そこに苛立《いらだ》ちが加わるとずいぶんふてぶてしく見えるものだ。また自然とため息が口をつきそうになって、慌ててそれを呑《の》みこみ、高はやんわり告げた。

「個人的な取引って、言いたいことは分かるけど、けっこうグレーだよな」

偽札については、現物がない以上この場で真偽を語ることはできないと思う。しかし規則違反については、実際に外貨を入れた封筒を皆鶴夫人に渡したのは鍬崎だから、何をどう言い訳しても白とは言えないはずだ。だが、鍬崎は平然と言い返してくる。

「黒じゃねえじゃん」

「そりゃそうかもしれないけど……」

「偽札とかもさー勘弁してほしいよな。俺、窓口でもらったその場で封筒に入れて割り印したんだからさー。すり替えられるわけないっての。みんな見てたし」

「でも、鍬崎の印鑑があれば外で何回でも作り直せるよな、その封筒」

つい口走ってしまってから、高はハッとした。面と向かって疑うようなこと言ってしまった。鍬崎の顔が、泥水でも飲まされたかのように歪んでいく。

「なに、小林ってそういうこと言う人？　俺のことガチで疑ってんの？」

「あ……皆鶴さんはそう思ってるって話だよ。だからクレームになってんじゃないの？」

一度口から出たものをなかったことにはできず、高は慎重にそう返した。自分こそ泥水に顔をつっこんだような気分だが、言っていることは正当性が高いと思う。この状況下で鍬崎が疑われるのは当然のことだ。しかし彼は、そんな可能性すら考えていないような顔である。

「営業やってるとちょっとくらい客のわがままきくもんだろ？　ふだん融通利《ゆうずうき》かせとくと、いざというとき数字になんじゃん？」

──違うだろ。そうじゃないだろ。ちょっと苛ついてきた。

「鍬崎、よく考えろって。規則違反が認定されたら処分受けて、たぶん営業資格停止される。そうなったら仕事ができなくなる。いや、そっちはま内部規定の違反だからまだいいよ。でも偽札の方は法律違反──」

「ねーよ。俺、何もしてねえもん。つーか、疑われる方が心外だ。小林にはがっかりだよ」

高は、黙った。

妙な気分だ。頭は熱いのに、隙間風《すきまかぜ》が吹きこんだように胃のあたりだけがすっと冷える。

──なんで俺、こんなこと言われてんだ？

「小林、時間だ。出ろ」

狙いすましたように、堤が外からドアを開けた。その瞬間、「堤さん！」と、鍬崎が場違いにはしゃいだ声を出し、立ち上がる。

「俺、本店営業部の鍬崎です。堤さんのこと尊敬してます！　営業の話聞かせてください！」

「は？　――あー、ま、そのうちな。小林、行くぞ」

冷めた口調で鍬崎をあしらった堤が、高を部屋から押し出した。きっと外で話を聞いていたのだろう。足元がおぼつかない高を、彼はふんと鼻で笑う。

「だからやめとけって言ったんだよ。監査が好きな銀行員はいねえっての」

「はは……」

笑い飛ばしたつもりなのに、自分の声が妙にたわんで聞こえて情けなくなる。

「まともに聞くなよ。あいつけっこうな馬鹿だ。自分の立場が分かってねえ」

「……や、なんか、鍬崎に言われたことよりも、自分で言ったことの方がけっこう刺さるっていうか……俺、なんであんな穿《うが》ったこと言えんだろ。すげえな……」

相手にも問題があるとはいえ、同期を簡単に疑えた自分が怖い。

知らず革靴《かわぐつ》のつま先を見つめていると、ガッと、いきなり後頭部を鷲摑《わしづか》みにされた。そのまま頭をぐーっと後ろに引っ張られ、斜めになった視界の中で、堤の強面《こわもて》がニヤリと笑う。

「下向くことじゃねえだろ。頭ん中が監査仕様になってる証拠だ」

「……それ、褒《ほ》められることですか」

「俺は褒めてるつもりだが？」

やたら語尾を上げながら、堤は薄笑いした。ぶんと頭を振って、髙は彼の手から逃れる。

営業畑から監査部門に移ったという彼にはひそかに仲間意識を持っていたのだが、それも一瞬で消えてしまった。髙は思考回路を監査仕様になどしたくない。

「しかし面倒なこと起こしてくれたな、あいつも」

監査部に戻るさなか、堤がつぶやいた。相変わらず左手はポケットの中で、何かを——たぶん無意識に——いじっている。

「……鍬崎、処分ですかね」

「さーな。仮に規則違反がグレー判定で終わっても、現実問題として偽札は出ちまってるからな。そっちの疑いが晴れないことにはどうにもならねえ。ってか、むしろそっちの方が大問題だろ。偽札なんざ作るも使うも犯罪だ。それは日本円に限った話じゃねえ」

確かに堤の言うとおりである。だが、だからこそ不可解に思うところもある。

「……故意に偽札を渡す理由が、鍬崎にありますかね」

「あ？」

「いえ、多岐川さんと渡辺《わたなべ》先生みたいな事情があるならまだしも、一般の顧客《こきゃく》で、しかも議員の奥さんみたいなハイクラスな人を相手に、わざわざ揉《も》め事起こすメリットはないと思います。それに、鍬崎なんて珍しい名前で割り印がされている時点で、自分の仕業《しわざ》だって証明してるようなものですよ。それこそ鍬崎には何のメリットもない行動じゃないですか」

それに、鍬崎はどこから偽札を手に入れてきたのだ。最近のコピー機は有能だが、日本円の紙幣だとコピー機を使用した時点で自動通報される仕組みがあるはずだ。外国紙幣はどうか知らないが、仮にコピーに成功しても、他の金種と一緒に入っていればすぐに質感の違いに気づかれると分かるだろう。

例えば高がこれまでに目にした二枚の偽札――黒沼みずほの件で扱った偽札も、船谷《ふなや》先生の偽札も、少なくとも見た目でコピーだとは感じなかった。それだけ精巧な偽札だということだ。平凡な日常生活を送っているうちはおよそ出会うことのない代物《しろもの》だと思う。

そこに加えて、問題意識ゼロのあの鍬崎の態度。

彼自身も気づかないところで偽札とすり替えられた可能性はないだろうか。

そう言うと、堤は「はあ?」と大きく眉《まゆ》を歪めた。

「割り印は?　誰かがあいつの印鑑失敬《しっけい》してやったってのか」

「断言はできないですけど。あいつああいう性格だから、新人研修の間もけっこうあちこちで反感買ってたんですよ。気づかないうちに誰かを苛立たせて、腹いせに、ってこともあり得ると思います」

さっきは俺も本気で腹が立ったし……とはさすがに言わなかったが、その推測もまるきりありえない話ではないと思う。

そんなことを考えていると、堤が眼鏡《めがね》越しにじーっと見つめてきた。

「小林おまえ、実は監査に向いてんじゃねえの？」

「む——向いてません！　全然！ 今のはなんて言うか、事件のニュースを見て勝手に犯人を推理するようなもんです！ 俺の頭は監査仕様じゃないです！」

つい必死になってしまった。そりゃそうだ。ここで素質を見出《みいだ》した、とか言われて監査部に縛《しば》りつけられるのは御免だ。「別にどこに適性があってもいいだろ」と堤は言うが、そういう問題ではない。高は事務的なことはちんぷんかんぷんだし、そもそも本物の米ドルすら見たことがないのだ。

と、そこまで思い至ったとき、高は唐突《とうとつ》に我に返った。

「そう言えば俺、偽札ばっかりに遭遇《そうぐう》してて、肝心《かんじん》の本物の米ドル見たことないんでした。なんか独特のにおいがあるとかって多岐川さんが言ってましたけど。そうなんですか？」

「覚えてねえ。俺も五年くらい前にハワイで使ったきりだ」

——その顔にはアロハもレイも似合わない。

と、口を滑らせそうになったところを咳払《せきばら》いで誤魔化《ごまか》し、高は言った。

「本店に行ったら見せてもらえますかね？」

一瞬意外そうな顔をした堤が、なぜか絶妙に眼鏡が光る角度でニヤっと笑った。


ななほし銀行本店は、いかにも銀行、という感じのどっしりとした造りである。行内でも指折りの古さなので、店内は明るくもないし開放感もなく、ただただ堅実な印象だけが強く残るような構造だ。本部ビルと隣接はしているが防犯の観点から直通にはなっておらず、セキュリティを解除してもらって行員用の通用口から本店に入り、さらにもうひとつセキュリティを抜けて事務フロアに入っていく。

高が本店に入ったのは、営業終了の十五時まであと三十分程度という時間だった。ここから駆けこみの客がやってくるところで、ちょっとまごつくとあっという間に十五時の鐘が鳴る——とはナノハナ支店の湯山の言である。

規模は違うにしても、状況は似ているのだろう。八つあるハイカウンターでは女性行員が次から次へとお客をさばいており、番号札の呼び出しの声や、入出金機の稼働音《かどうおん》、あちこちで鳴る電話の音などが入り混じって、実に騒がしい。

「あ、小林くん」

あまりのせわしなさに、もしかしたら日を改めた方がよかったのかもしれない——と思い始めたとき、声をかけられた。津田である。

「どうしたの、こんなところで。監査の人が来ると腹がキリキリするんだけど。鍬崎くんの件？」

大げさにみぞおちの辺りをさすった津田が、声をひそませた。髙は、小さく苦笑いする。

「ちょっと違うかな。勉強のために見たいものがあって」

「おい、小林。無駄口叩くな」

「あ、はい。——ごめんな、津田くん。また」

「うん。お疲れ」

軽く手をあげ、髙は急いで堤に追いついた。たちまち、眼鏡越しに圧をかけられる。

「おまえな、本店のみなさんは忙しいんだぞ」

「すいません……」

「ほれ、もう準備してくれてる」

堤に押されるように前に出ると、高さ三〇センチ程度の目隠しがついたデスクに、灰色の手提げ金庫が載っていた。傍《かたわ》らでは、右肩で髪を束ねた女性行員がほほえんでいる。

「本日の出納《すいとう》担当、横脇《よこわき》です。監査部長からご連絡いただいております。米ドルをご覧になりたいと伺《うかが》っていましたので、こちらにご用意しておきました」

まるで一般の顧客を相手にするように丁寧《ていねい》に応対されて、高はかえって恐縮した。軽い気持ちで来てしまったのだ。

「お手数おかけしてすみません。あのー、実は自分、営業から監査部に動いたばかりで、事務的なところに弱くて。米ドル、触らせてもらっていいですか」

「かまいませんよ。わたし、立ち合いますので」

横脇は品のいい笑みをたたえたまま、輪ゴムで留めた五〇ドルの束から数枚を抜き出した。

触ってみると、なるほど、偽の五〇ドル札と見た目は何も変わらない。だが、確かに多岐川が言っていたとおり、日本円とは触り心地が違った。日本円の新券もすべりが悪いものだが、米ドルの新券はそれに輪をかけたような触感。一枚一枚がもっとざらついていて、すべりにくい。そして、インクのにおいだろうか、これも多岐川の言うとおり、独特のにおいがする。これが、本物の五〇ドル札。

「他の金種もご覧になりますか？」

「あ、お願いします」

ものはついでである。一ドル、五ドル、一〇ドル、二〇ドル、最後には一〇〇ドルまで見せてもらった。それぞれ色は違うが、大きさは同じ。触感もにおいも同じだ。ただ、一〇〇ドル札だけはホログラムのような線が入っていて、見つかった偽札が五〇ドルばかりだった理由がなんとなく見えてくる。

「そうだ。買取りするときに鑑別機を通すって聞いたんですけど、どこにあるんですか」

ふと思いついて、高はたずねた。単なる興味である。しかし横脇はどこまでも親切に、

「こちらです」と高を案内してくれた。

鑑別機というからどんな大掛かりなものかと思えば、意外にも、英語の辞書を二冊重ねたくらいの小ぶりな卓上マシンである。紙幣《しへい》をセットすると機械の中を通って出口に吐き出される構造だと、見れば分かるくらいシンプルな造り。おそらく真ん中にある小さなディスプレイの下あたりで真贋《しんがん》チェックがされるのだろう。

「試してみられますか？」

たずねたときには横脇は起動のスイッチを入れていて、高は「お願いします」と、五〇ドルの束を差し出した。

爪を薄いピンクに塗った横脇の指先が、鑑別機のボタンを押す。上部についているディスプレイに「ユーロ」とか「元」といった通貨が表示され、彼女は「ドル」のところでストップをかけた。挿入口に五〇ドル札の束をかませ、スタートボタンを押す。ピーッと高い音が鳴ったと思うと、紙幣が勢いよく機械の中に吸いこまれ、吐き出されていく。

「おお、速い」

ディスプレイを見ていると、真贋チェックに加えて枚数と金額までカウントしていることが分かる。小さいが、なかなか有能な機械である。と、高が感心したときだった。

ピピ、と短い音が鳴って、鑑別機が急停止した。

鑑別が終了したわけではない。五〇ドル札は挿入口にあと一〇枚ほど残っている。なんだ、と、顔をしかめてディスプレイをのぞく。今まで青かった画面が赤に変わっていた。エラーの文字も出ている。これは、機械的なトラブルという意味でのエラーだろうか。

おそるおそる振り返ると、先ほどまでやさしくほほえんでいた横脇が、青ざめていた。堤の顔に凄《すご》みが増していた。

急に緊張してくる。

知識も経験も乏《とぼ》しい高には、この状況下で確定的に言えることはなにもない。

だが、ひとつだけ言えることは――今、絶対的に悪い予感がする。

本店は、それから一〇分後に営業を終了し、シャッターが降りきるまで窓口担当者たちがお辞儀《じぎ》をするという、決まりどおりの終業の儀式を済ませた。

が、シャッターが閉まりきった瞬間、事務フロア内にはいかめしい表情の監査官たちがなだれこんできて、「そこ触らないで」「出納簿確認させてください」「担当の方、こちらに」と、怒号に似た指示が飛び交う。

やってきた監査部の職員は、堤が所属している業務班のメンバーだった。調査課の中でも対店舗《てんぽ》の調査を行う専門部署で、課長・花山が自ら指揮を執《と》って、デスクに残っていたメンバーのほとんどをここに投入している。

新参者でも分かるくらい、緊急にして異常な事態。

無理もない。鑑別機の赤い警告画面に出ていたのは「DOUBTFUL《うたがわしい》」の文字。機械的な問題ではなく紙幣の方の問題――偽造紙幣を示すエラーメッセージだったのである。

これにはさすがに驚いた。何事もなく鑑別機を通った真券と比較しても、色も形もまるきり同じで見かけはただの五〇ドル札。触感は新券よりもややなめらかだが、そんなもの、意識して本体に指をすべらせなければ——たとえば紙幣を扇状《おうぎ》に広げて数える「横読み」で計数するのが日常だったら——違和感すらないだろう。

そんな精巧な偽札が、ひっそりと、当たり前のように、紛《まぎ》れていたのだ。

しかも、残った五〇ドルの束をすべて機械にかけると、さらに二枚の偽札が見つかる始末。最初は「何かの間違いか」と軽く構えていた堤も、最終的に「こりゃダメだな」と、上に報告し、現状に至るのである。

「販売用の外貨に偽札って、ありえないはずですよ」

そう訴える店長以下、役職クラスは冷や汗が止まらない様子だった。窓口の女性職員たちは不安げに監査官の動きを目で追っていて、出納係の横脇は顔面蒼白、同期の津田は本気で痛んでいるのかみぞおちのあたりをさすっている。

銀行においては、一円でもお金が合わないとたちまち切迫した空気が充満するものだ。だが、今回はとてもその比ではないように思う。高ですら、このものものしい雰囲気《ふんいき》に毒されて胃が重くなったような気がしている。

「小林、いったん戻って矢岳に連絡つけろ。あの偽札もウチから出てるぞ」

「わ、分かりました」

堤に指示されて、高は本部へと飛んで帰った。エレベーターが八階から降りて来るのを待てず、三階まで階段で駆けあがる。焦って何度もつまずきそうになった。

　なな銀から偽札が出ることはあり得ない。それはついさっきまで絶対定理だった。矢岳たちも、皆鶴夫人に対してその絶対定理に基づいて説明を進めていくだろう。しかし今やその大前提が崩れている。従来通りの対応では、新たなトラブルを生むことになりかねない。間に合うだろうか。二人が出発したのはずいぶんと前だ。とっくに着いているだろう。せめて対応が終了する前に一報を入れられれば——。

　デスクに戻り、祈る思いで電話機の短縮ボタンを押し、コトリの業務用ケータイの番号を呼び出す。ワンコール目でつながった。矢岳である。

「小林くん？　どうしたの」

　いつも通りの穏やかな声にほっとする。だが、悠長《ゆうちょう》に構えてはいる場合ではない。

「実は、本店で保管中の米ドルの中に偽札が混じってるのを見つけて」

「ああ——やっぱり？」

　思いがけなくそう返されて、高は反射的に受話器を握りこんだ。

「やっぱり、って、どういうことですか」

「うん……実はこっちでも問題があってね」

　答えた矢岳は、周りを気づかうように声をひそめる。

「皆鶴さんが保管されてた五〇ドル札、黒沼さんが持っていたものと札番号が同じだったんだよ」

は——と、思わず大きな声が出た。

「どういうことですか。同じ番号って、同じものから複製されたってことですか」

「そう。出所が同じなんだろうと思ってたけど……本店から回ってるね」

ため息に混ぜるように矢岳が言った。

そんな馬鹿な、と思う。矢岳も多岐川も、ベテランの土井室長さえも「あり得ない」と言い切ったのに。本当に、なな銀から偽札が出ていた——。

「小林くん、ひとつ頼みごとをしていいかな」

耳にやわらかな声が届き、呆然《ぼうぜん》としていた高はハッと我に返った。

「外貨両替の取扱店をピックアップしておいて。電話番号も一緒に。在庫点検の指示を下ろしてもらうから」

「は、はい。分かりました！」

「僕らは念のため船谷先生にお会いしてから戻るから、もう少しひとりでがんばって。困ったことがあったら堤を頼っていいから。——じゃあ」

「あ、矢岳さん、あの」

電話を切られそうになって、高は慌てて言葉をはさんだ。

「ん？　どうしたの？」

問いかける矢岳の声のあとに、車のドアを閉める音が続く。

今から運転かもしれない。早く切るべきだ。でも、言わずにはいられなかった。

「矢岳さん。俺、とんでもないことしてないですか。なんか、何の気もなくやったことが大ごとになって、ちょっと、怖いというか……」

こんなことを言ったら三番目の姉に「甘えるな」とどやされそうだが、本店の職員の間に不安が広がるのが目に見えて分かって、高が罪悪感を覚えたのは事実だ。そんなわけないと分かっていても、「気づかない方がよかったんじゃないか」と、思ってしまう。

ざわざわと落ち着きをなくした監査室の一角で、電話機のディスプレイに表示された『コトリケータイ』の文字を見つめる。受話器の向こうで、矢岳がかすかに笑う気配がした。

「大丈夫だよ、小林くん。むしろお手柄だから。本店の方も、こっちの方も」

「こっちも、って……？」

「皆鶴さんのお宅の五〇ドルと黒沼さんの五〇ドルが同じ番号のものだって分かったのは、タキさんの手帳に書いてあったからなんだ。黒沼さんが持ってた偽札の札番号……控えてくれてたの、小林くんだよね」

「あ……はい。そう言えば書きましたけど……」

「おかげでこっちも怪しんで、慎重になれたよ。ありがとう」

「あ、いえ……」

それは、別に意図があってしたことではない。多岐川の言うことをメモしていたときに、たまたま控えただけだ。まさかこんなふうに役に立つとは思わない。

「じゃあ、あとで」

今度こそ矢岳は話を終えた。しかし、電話が切れる間際、

「……これはめんどうだな……」

受話器の奥からそんなつぶやきが漏《も》れ聞こえてきたことを、高は聞き逃さなかった。

それは矢岳の独り言。しかしおそらく、本音である。


それから五分後、監査部長発出の緊急文書で、保管中の販売用外貨を全通貨、全金種鑑別機にかけるよう指示が出た。

高は電話番として残っていた押塚と手分けして外貨両替取扱店に電話し、指示を伝え、順次折り返される各営業店からの回答を取りまとめた。

結果、すでに偽札が出ている本店、ヒナゲシ支店、シャクナゲ支店のほかに、ヒマワリ支店とスミレ支店でも、一枚、あるいは二枚の偽五〇ドル札が発見されることとなり、さらに、それらすべてに同じ札番号が印刷されていたことが判明した。黒沼みずほと皆鶴夫人の元に回っていたものと、同じ番号である。

この結果を受けて、監査部内はますます混乱した。緊急事態につき自分の仕事どころではなくなった押塚など、机に伏して絶望している。

「もー……年度初めに不祥事《ふしょうじ》とか、何の嫌がらせ……」

「不祥事？　不祥事になるんですか」

「なるでしょ。支店が持ってる販売用の外貨って、必要に応じて本店に請求して、本店から直接配送されるの。だから、本店の在庫に偽札が混じってたなら、見つかった偽札がぜーんぶ本店から拡散したってことになっちゃうわけ。札番号も一緒だしね。それに……」

「それに？」

聞き返す高に、押塚は渋い顔をして、声をひそめた。

「販売用の外貨は新券しか入ってこないのに、偽札が混じってるんだよ？　それって誰かが本物と偽物を入れ替えなきゃ起こらないことでしょ。……内部犯、疑うよね。うちらは」

「内部犯……」

そのひと言で鳥肌が立った。

販売用の外貨は信頼のあるルートから一本道で入ってくるものだ。偽札が混入するとしたら本店内部に入ったあと。本店の誰かがすり替えたとしか考えられない。

「そうなったら事実上の横領だよね。監査部的にもなな銀的にも、一番困っちゃう」

「横領……マジか……」

漠然《ばくぜん》と「大変だ」と感じてはいたが、言葉を替えられたとたんに深刻さが増した気がした。

言うまでもなく銀行は信用が第一。強盗や金融犯罪など外部からもたらされる犯罪には当然警戒するが、それ以上に内部犯罪の抑制には力を入れていて、うっとうしいと思うほど頻繁《ひんぱん》に防犯研修が行われている。高もこれまでさんざんその手の研修を受けてきたが、まさか実際に自分が遭遇《そうぐう》するとは思わない。

しかも、五〇ドル数枚――日本円では一〇万円にもならない。横領して人生を棒に振るにはあまりに馬鹿げた金額だ。少なくとも高はそう思う。

しかし、本当に金に困っている人間は、一〇〇万円でも一万円でも、盗《と》れると思えば盗ってしまうのだと研修で紹介されていた。たかが数千円を横領してクビになった事例も実際にある。行員による犯罪は、起こらないわけではないのだ。

押塚が、こめかみをもみほぐすように指を突き立てた。

「本店って所持品検査徹底してないのかなー。ちゃんと検査してれば、偽札を持ちこむことも、すり替えることも絶対にできないのになー」

「人数多いと、その辺甘くなるんすかね……」

ななほし銀行では、金銭はもちろん、個人情報の不正持ち出しも防ぐため、事務フロアに入退出する際に、その都度《つど》不要な私物の持ちこみ、持ち出しがないかを点検されるのだ。原則、事務フロア内に持ちこめるのは私印とロッカーの鍵《かぎ》、ハンカチや薬くらいで、私物のほとんどは別室のロッカーの中にしまっておかねばならない。

また、入退出時に限らず、突発的に、かつランダムに所持品検査を実施することで防犯の効果を高めることができる。ナノハナ支店ではその抜き打ち点検も行われていたが、果たして本店でどれほど実践《じっせん》されていただろうか――。

そんなことを考えているうち、堤がフロアに戻ってきた。

「堤さん。本店の調査終わったんですか」

「いや。とりあえずあいつ――鍬崎っていったっけ？　解放することになった」

「あ……そうだ。鍬崎。忘れてた」

急展開で頭から飛んでいたが、彼はまだ聴取《ちょうしゅ》を受けている最中だ。

「解放、できるんですか」

「現状見るに偽札に関してはまあ白だろうからな」

確かにそうだ。鍬崎は米ドル購入後にいくらでもすり替えができるが、彼にはそうする合理的な理由もメリットもない。そして今、本店の在庫の中から同じ複製品と思われる偽造紙幣《しへい》が見つかっているのだから、彼が細工《さいく》を行ったというよりは、本店の在庫に混入していた偽札がたまたま彼を介して皆鶴夫人の元に届けられた、と考える方が自然である。

「でも、規則違反は……？」

「そっちはひとまず保留だ。緊急事態だしな、あいつに構ってるヒマはない」

「そうですね……」

内規違反と横領事件。緊急性も重要性も後者の方が優先されてしかるべきだ。

少しほっとした。規則違反はともかく、同期が警察の世話になる事態は避けられたのだ。

高は、聴取の一時中止を告げる堤について例の会議室に向かった。先ごろ疑うようなことを言ったから、いちおうひと言詫《わ》びておかねばと思ったのだ。

ところが、いざ顔を合わせた鍬崎は、いきなり高に食ってかかってきた。

「だから言っただろ、俺関係ないって。疑う前に調べろよ」

朝から半分監禁状態で苛立《いらだ》ちも最高潮だったのだろう、唾《つば》を吐くような勢いだった。疑いが晴れて安心するとか、本店の騒動を心配するとか、他にすることがあるだろうに、

「あーあ、今日のアポ全部飛んだ」とまで言い出す始末。聴取していた監査官も、一緒に入った堤も、これには顔をしかめた。当然だろう。鍬崎が規則違反をせずにいれば疑われることはなかったのだ。ある意味自業自得《じごうじとく》である。

高は急に疲労感に襲われ、細くため息をついた。そのまま黙っていれば静かな気持ちでいられただろうが、彼のこれからを考えると、そういうわけにもいかない。

「……鍬崎、下調べが甘かったのは確かに悪かった。でも、一個だけ言っとく。偽札に関しては白でも、規則違反に関してはどう言い訳してもグレーゾーンから出られない。そこ、ちゃんと分かろう」

「はあー？　だからー、黒じゃないって言ってんじゃん」

「でも白じゃない。グレーと白じゃ全然違う」

偽札の件が彼の仕業《しわざ》でないと分かれば、皆鶴夫人は彼を許すかもしれない。だが、なな銀内部では要注意人物とみなされる。監査部からだけではない。本店営業部内でも、監視の目が光るようになるだろう。それで窮屈《きゅうくつ》な思いをするのは鍬崎自身だ。

高がまさにそうだったのだ。若村俊子のクレームが始まって間もない頃、高が何かした

のだろうと疑われ、監視され、毎日毎日息苦しかった。いや、理解しろ。

似た思いをしたことがあるからこそ、そこは理解してほしかった。

高が念じるように思ったそのとき、鍬崎がハッと鼻で笑った。

「なんだよ、偉そうに。こないだまで成績表の下の方走ってたくせに」

——ぷつんと、高の中で音がした。

切れた。いわゆる堪忍袋の緒ではなく、精神と肉体を繋《つな》ぐ何かが一瞬できれいに切断され、気づいたときには荒っぽい声がほとばしっていた。

「俺だって好きでここにいるわけじゃない！」

支店でトラブル起こして問題児扱いで、誤解が解けるまで先輩と同行営業することしか認められなくて、そんなだから成績は伸びないし、単独営業の許可が出ても遅れは取り戻せずじまい。あげくの果てには本部に飛ばされて、仕事は分かんないし一日三回は営業行きたいと思って、よその銀行の看板を眺めてみたり、そんな自分に頭かきむしりたくなったり、酒飲んで誤魔化《ごまか》したりしながら、でも友だちが励《はげ》ましてくれて、先輩たちがよくしてくれるから、毎日なんとかやっていて——。

そんなことを、支離滅裂《しりめつれつ》にぶちまけて、最後、その先輩たちが今顧客《こきゃく》対応に走ってるんだ、おまえのために——と訴えたとき、急に冷静さが戻ってきて、

「その辺でやめとけ」

堤にぽこっと頭を叩かれて、高は、手持ち花火が消えるように黙った。

たちまち羞恥《しゅうち》が襲ってくる。

――俺は何を言ってるんだ。これじゃただの八つ当たりだろ。あまりに滅茶苦茶《めちゃくちゃ》で、子どもじみていて、顔を上げられないのは、堤が上から押さえつけているからだけではない。

「鍬崎くん？　だっけ？　悪いな、うちの下《した》っ端《ぱ》が騒いで。いかんせんまだ仕事に慣れてないんでな。勘弁してやって」

堤が再び高の頭を叩き、「いや、その」と、鍬崎が戸惑ったように返事をした。呑《の》まれているような雰囲気《ふんいき》があった。たぶん、堤の口ぶりに。本物のチンピラみたいだったのだ。巻き舌が入っていて、茶化すような口調なのにやたらドスが利《き》いていて。

そして堤はそのトーンを保ったまま、高の頭上に手のひらを据えたまま、

「そう言えば営業のこと何か教えろとか言ってたよな？　あいにく俺は銀行業のことはよく分かんねえから、どこの会社でも通用すること、一個教えといてやるな」

そんなことを言って、この状況下でも一瞬貪欲《どんよく》に目の奥を光らせた鍬崎に、彼はとても短い教えを授けた。

「ルール守れねえやつに営業やる資格はない」

鍬崎が声も表情も失った。高も似たようなものだった。完全に呑まれた。笑っているはずの、堤のおかしな迫力に。

オラ行くぞ小林――と、堤が子分を従えるように肩を押してきた。足が追いつかなくてもどんどん押されて、すぐに廊下《ろうか》に放りだされた。見上げた強面《こわもて》はあきれた表情で今閉めたばかりのドアをにらみつけており、

「つくづく生意気なやつだな、あいつ。ああいうことが言えるくらい神経が太いから次々営業掛けて実績挙げられるんだろうが――気に入らねえな」

と、彼はブツブツ言いながら監査部の前を素通りして、廊下の突きあたりにある自販機コーナーで足を止めた。ピッとプリペイドカードを通す音がして、立て続けに二本の缶コーヒーが落ちてきた。当たり前のように一本を差し向けられ、手のひらに触れたその冷たさでようやく高は自分を取り戻し、軽く頭を下げた。

「……すいません」

「なんであやまんだよ。礼を言うとこだろ」

「いや、感情に振り回されたあげくかばわれるとか、かっこ悪すぎて。すいません……やっぱ俺、向いてないです。監査」

「向き不向きは関係ないだろ。仕事はやるかやらないかだ。向いてなくてもやってりゃ恰《かっ》

好《こう》がついてくる。俺だってそうだろ？　見ろ、この鬼監査官ぶり」

堤がドヤ顔で眼鏡《めがね》のブリッジを押し上げた。が、やっぱりその姿は銀行員でもなければ監査官でもなく、「取り立て屋」でしかなかった。ちょっと笑ってしまった。

もらったコーヒーを半分ほどいっきにあおる。冷たいものが身体《からだ》の奥までしみていくと、すうっと心が落ち着く。そうすると、ずっと気になっていながら訊けずにいたことも、するりと口からすべり落ちてきた。

「堤さん、なんで監査部にいるんですか」

元は大手生保の敏腕《びんわん》営業マン。なな銀に移ってからも、見ず知らずの若いやつに崇拝《すうはい》されるくらい実績を積み重ねてきた人。

監査官として恰好がついたと言いながらも、堤が鍬崎に言って聞かせたことはやっぱり営業マンの教えである。監査部に根を下ろしきった人だったら、きっと「ダメなものはダメ」と言うだけだったと思う。

そんな人が前線を離れて監査部にいる理由が、高にはあまり思いつかない。まさか、自分と同じなんだろうか。

期待に似た気持ちで堤の強面を見上げると、彼の細い眉《まゆ》が一度ひょいと持ちあげられた。

「なんでって。娘のお迎えに間に合うからだよ」

瞬間、高の口が壊れた財布みたいにぱかりと開く。

「――て、え、堤さん結婚してるんすか！」

「嫁はいねえけど」

あっさり返され、今度は喉《のど》の奥でごふっと変な音が出る。

なんでこんなところに地雷が埋まっているのだ。そしてなんで踏んだのだ、このタイミングで、力いっぱい。憂鬱《ゆううつ》も何もかも吹っ飛ぶじゃないか。

いやいや、そんなことよりも。自分と同列に並べてはいけなかった。堤と高は似ているようで全然違う。たぶん、彼の方がずっと――。

「小林ー」

不意を打って、堤が髪をぐしゃぐしゃにかき混ぜてきた。

「うわ、なんすか、いきなり」

「前線に戻ったら同行営業するぞー」

「はい……え？　は？　同行？」

振り仰《あお》げば、強面がニヤリと不穏に笑う。胡散臭《うさんくさ》い笑みである。きっと異動したての頃の高だったら過剰《かじょう》なくらい敬遠してしまったことだろう。でも、今は違う。大歓迎の言葉に「はい！」と答えられるのもやっとというほど、胸に熱いものがこみあげる。

「――ま、とりあえず今は偽札どうにかしなきゃだな」

高を解放した堤が、空き缶をゴミ箱に放りこんだ。

「つーか、この調子じゃ今日は定時あがりは無理じゃねえ？　やべー、今日の晩飯ハンバーグねだられてんのに」

そう愚痴《ぐち》っぽく言いながらもやけに楽しそうに廊下を進んでいく彼の、めずらしくポケットから出ていた左手。その人差し指の先には、なぜだろうか、ソーダキャンディーみたいな真っ青な石がついた、オモチャの指輪が引っ掛かっていた。


「戻りました」

矢岳と多岐川が帰ってきたのは、終業時間を迎えようとしていた十七時すぎのことだった。

業務班もいったん本店から引き揚げて、今後の方針を協議し始めていたところだ。

慌ただしい監査部のフロアを目の当《ま》たりにした二人は、さすがに険しい顔である。

「矢岳くん、ちょっと！」

すぐさま部長の声がかかり、矢岳が持ち帰った鞄《かばん》の中から手帳だけを抜き取ってデスクを離れていった。

同行の多岐川は、席に着くなりどっと椅子に座りこんで、お疲れ顔である。

「もう、どうなってるのよ。偽札なんか混じるはずがないのに……」

「……内部犯説出てますけど……」

高がささやくと、キッとにらまれた。あたかも「めったなこと言わない」と釘をさすかのようだったが、反論しないままため息をついたところを見ると、多岐川もその可能性を一度はどこかで考えたのだろう。そしてその認識はすでに監査部内で共有されているものだ。

「タッキー、そっちは大丈夫だったのかよ。議員の奥さま、丸めこめたのか」

真後ろの席から堤が口をはさんでくると、多岐川は頭痛をこらえるような顔でうなずいた。

「矢岳さんがうまく収めてくれました。先に札番号に気づいたから、調査して回答しますって言って逃げられたんです。嫌味は言われたけど、最終的に調査結果を待つと言ってもらえたからよかったようなもので……」

「黒沼さんの方は？　対応なしですか？」

高が重ねてたずねると、「一応帰りの車の中で電話を入れておいた」と彼女は言う。

「それから……船谷先生のところにも寄ってきて……やっぱり船谷先生が持ってたものも同じ札番号の偽造紙幣《しへい》だってことが分かった」

「えっ。じゃあれも支店から出てたんですか？　渡辺さんの仕業《しわざ》じゃなくて？」

禁句と分かっていつつも思わずその名を出してしまった。あのときは警察沙汰《ざた》になることを避けるためにあえてあいまいな形で決着をつけたのだが、なんとなく、彼が嫌がらせのために偽札を混入させたのだという認識は持ったままだった。——違ったのだ。

「……すいません……正直俺、完全にあの人の仕業だと思ってました」

「わたしも。……でも、よく考えたらそこまで馬鹿な人じゃなかった」

多岐川が落ち着きなく襟足《えりあし》をかき乱した。その様子で、高はなんとなく察する。

「……もしかして、会いました？　渡辺さんに」

「ええ、頭下げてきましたよ。船谷先生にも、あの人にも。……あのままじゃ気分悪いし」

「別に無理しなくても、明日にでも俺と矢岳さんで対応したのに。ふつうに気まずいでしょ」

つくづく逃げない人だなあと、半分感心しながら半分あきれていると、それをつぶさに見てとったらしい、多岐川は少々ムッとした顔でつぶやいた。

「……監査部に感情は不要」

拗《す》ね顔で言われても説得力はないのだが、ここは黙って尊重することにする。

「それよりあれ、ありがとう、小林くん。札番号。書いててもらって助かった」

「あ、いえ、全然」

「それに黒沼さんの五〇ドルも、小林くんが言ったこと真に受けて彼女大事にとってたの。今となってはよかったと思う。ありがとう。こういうこともあるって、ちょっと発見だった」

おお……と、高は内心で快哉《かいさい》を叫んだ。多岐川に褒《ほ》められた。ものすごく早口だし全然こちらを見てくれないが、今、確かに褒められた。なにやらずいぶんいい気持ちがする。

「どーせたまたまだろ」

「――って堤さん、せっかく褒められていい気分だったのに水差さないでください」

「でもたまたまだろ」

「そうですけど」

ふて腐れる高を笑いながら、堤が視線だけをよそにした。多岐川も同じ方向を気にしている。フロアの中央だ。監査部の中央最前列にどんと作られた、部長席。

この監査部を束ねる部長・水久保《みずくぼ》は、面長《おもなが》で彫りが深く、平時にはモアイ像をモチーフにしたキャラクターのような人である。だが、偽札発見の一報が入ってから雰囲気《ふんいき》が一変。歯ぎしりするだけで地揺れがしそうなくらいの凄《すご》みが備わっており、誰も彼もなんとなく部長席を避けていたが、現在、矢岳はそこに呼びつけられている。皆鶴夫人の件の報告だろうと髙は思っていたが、

「手を打つのが遅い！」

ふいに部長の声が耳に届き、髙は眉を寄せた。

矢岳がいつもどおりの菩薩顔《ぼさつがお》なので少しもそうは見えないが――責められているようだ。

「……くらってんなー」

堤がぼやき、「メンツがあるでしょうから」と、多岐川が静かに目を伏せる。

髙は、困惑した。

「え？　え？　意味分かんないんすけど。なんで矢岳さんが責められるんすか」

「八つ当たりだよ。在籍中に不祥事起これば責任問題だからな」

堤があっさり言って、業務班の電話に手を伸ばした。かと思うとコトリ班の電話が鳴りだして、受話器を取った多岐川が何食わぬ顔で大きな声を出す。

「矢岳さん、お電話入ってまーす」

戻ってきた矢岳が電話をとると、「おうお疲れー」と、部長席に背を向けた堤がニッと

歯を見せた。矢岳が「ありがとう」と苦笑し、多岐川が澄まし顔で前を向く。見事な連携である。

「で？　モアイはなんだって？」


内線を繋《つな》いだままで堤がたずねた。矢岳も受話器を耳に当てたまま、

「一件目の偽札が出たときに在庫点検の指示を出さなかったのはどうしてか、だって」

「はあー⁉」


たちまち目を剝《む》いたのは高である。

「それ言うなら、報告書あげた時点で上から指示するべきじゃないっすか！」

「小林くん、声大きいわよ」

「いや、だってそうでしょ」


黒沼みずほの一件で高が書いた報告書は、班長、課長に次いで部長の承認印まで押されていた。ということは、部長も内容を把握《はあく》しているはずである。それに、先ほどの在庫点検も形式上は監査部長発出の指示になっていたが、実際に提案したのは矢岳だ。矢岳が言わなければ誰もそこまで気が回らなかった。


にもかかわらず八つ当たりなんて、筋違いも甚《はなは》だしい。

「――報告書と言えば、小林くんの報告書はいつもいいよね」

唐突《とうとつ》に受話器を置いた矢岳が、にっこりほほえみかけてきた。どうして急に褒められたのかよく分からず、高は目をぱちくりとさせ、「はい……」とあいまいにうなずく。

「きれいにまとまってるし、文章も読みやすいよね。普段から本とか読んでるの？」

「へ……あ、いえ。俺、高校のとき文芸部だったんで。たぶんそのおかげで……」

パチパチとまばたきしながらもそう返すと、矢岳は「へえー」と面白そうな顔をした。

「文芸部？　って、詩とか小説とか書く？　好きなの、そういうの」

「いや、そういうクリエイティブな才能はまるっきりなかったんで、先輩の真似《まね》して校内新聞みたいなの書いてました。新聞部なかったし」

「意外だね。小林くん、スポーツやってそうだけど」

「高校以外はいろいろやってましたよ。でも当時の文芸部の部長がめちゃくちゃきれいな人だったんで、思わず入部を……」

高は照れ笑いした。彼女に褒められたくて類語辞典まで買って勉強したとか、今思えば
「若気の至り」以外の何ものでもないのだが、こうして評価されたのならあの日々は無駄ではなかったということだ。

「じゃあ、僕が困ったときには手伝ってもらおうかな」

矢岳が目元をなごませた瞬間、高は「もちろんです！」と、こぶしを握った。

「何でも言ってください！　俺がんばります！」

「じゃあ報告書の雛型《ひながた》用意しててくれるかな。少しお茶飲んでくるから」

「任せてください！　なんなら分かるところは埋めておきます！」

高は、勢いこんでそう言った。いつも頼ってばかりの矢岳に頼られて、完全に浮かれていた。すぐにパソコンの前に座って報告書の様式を呼び出し、日付と担当者の名前を打ちこむ。

「……小林くん。完全に矢岳さんの術中にハマってる」

多岐川に言われ、高はお花畑を舞い遊ぶような気分のまま、「はい？」と顔をかしげた。

「話の軸をずらして煙に巻くの、矢岳さんの得意技」

指摘されて、さーっと霧が晴れたような心地がした。言われてみれば確かに、さっきまで部長に対して持っていたはずの不満が、見事にどこかに追いやられている。

「や――矢岳さん!?」

慌てて見回すもいつもの菩薩顔はもうそばになく、隣の島で堤が腹を折って笑っているのが目に入るばかりだった。

五章　これがコトリのお仕事です！

偽五〇ドル札が発見された翌日から、なな銀では監査部をあげて事件の解明に取り組むことになった。

幹部クラスが集まった会議では内部犯説を念頭に対応が協議され、本店内の防犯カメラのチェックと、職員全員に対する聴取《ちょうしゅ》がすでに開始されている。

きな臭《くさ》くなってきた――とは、本店勤務の津田《つだ》から髙《たかみ》のスマホに届いたメッセージである。

当然と言えば当然だが、偽札発見当日は大混乱で、本店では役職クラスはもちろん一般職からパート職員まで、二十時を回っても帰れなかったらしい。出納係《すいとう》として資金管理を任されていたあの親切な横脇など、途中でめまいを起こして衛生室に運ばれたというから、髙はやはり申し訳ない気持ちになったし、できるなら無関係な人たちには悪影響が出ないよう配慮《はいりょ》したかった。

だが、コトリ班は顧客《こきゃく》対応がメインだとして、本店の調査からは完全に除外された。担当外と言われれば確かにその通りなのだが、

「……俺が見つけたんすけど、本店の偽札」

髙としては割りこみされたようで面白くない。

「小林《こばやし》くん。集中」

「はい……」

多岐川《たきがわ》ににらまれて、仕方なく手元の書類に集中する。いつもの書面調査票ではない。偽札が出た店舗《てんぽ》から集めた、外貨購入伝票のコピーざっと一か月分だ。

もしかしたら他にも偽札を持ち帰った顧客がいるかもしれない――という懸念《けねん》があって、コトリ班には「直近一か月で対象支店から五〇ドルを持ち帰った顧客を調べ、連絡を取り、異常がないかを確認せよ」という指示が下されたのである。

「……めんどうだね……」

指示を受けてデスクに戻ったときの矢岳《やたけ》のつぶやきは、独り言のようだったが、だからこそ現実を表していると高は思う。意義は認めるが、わりと途方もない作業なのだ。

実際問題として、ヒマワリ支店やスミレ支店、ヒナゲシ支店は、店舗規模こそ大きいがわりあい田舎《いなか》の方にあるので、外貨両替は日に一件の取扱があるかどうか、というくらいである。だが、本店やヤマユリ支店は規模が大きいうえに人口密集地にあるので、コンスタントに利用がある。一か月分の伝票をめくるだけでもけっこうしんどい。

そのうえ、ひと口に外貨両替と言っても扱っている通貨は様々だから、伝票の中から米ドルの販売分だけをピックアップしなくてはいけない。さらに、米ドルの中でも五〇ドルの販売がなければ調査対象外だ。漫然と見ているだけでは取りこぼしが出るので、気が抜けない。なかなか手間のかかる作業だ。それぞれ担当の支店を決めて伝票の束を分けたが、全部の伝票をチェックし終えるまでたっぷり二時間かかった。

「じゃあ、次はピックアップしたところに電話確認。この際だから一気に済ませよう」

面倒くさいと言ったわりに、班長・矢岳は手を休めない。多岐川はもちろんだ。高も続くほかない。それぞれ担当分の伝票の束を片手に、いっせいに電話をかける。

高が一件目にかけたのは、ヒマワリ支店取扱いの、『田中一郎』。住所はヒマワリ支店の管轄《かんかつ》内である。持ち帰りは一五〇ドル。組み合わせに迷ったのか、金種欄《らん》にいくらか訂正《ていせい》された跡があったが、最終的に二〇ドル五枚と五〇ドル一枚を持ち帰ったように記録されている。早速書かれた電話番号にかけてみると、すぐにつながり、女性の声が応えた。

「お電話ありがとうございます。サロンハロアでございます」

明らかにどこかの店にかかったと悟って、一瞬言葉に詰まる。かけ間違えたか、と思って電話機のディスプレイを見てみるが、表示されているのは伝票通りの番号だ。職場の番号でも書いたのだろうか。

そう、めまぐるしく考えているうち、「もしもし?」と再度呼びかけられ、高は素早く頭を切り替える。

「すみません。そちらに田中さんという方はおられますか」

「……田中、でございますか。いいえ、こちらには田中というものはおりませんが」

「そうですか……。失礼しました。かけ間違えたようです」

適当に誤魔化《ごまか》しつつ電話を切る。改めてディスプレイの番号を確認したが、やはり伝票通りだ。ということは、顧客の側の書き間違いだろう。

幸先《さいさき》の悪さを感じながら、バツ印を書いた付箋《ふせん》を貼り、次の伝票をめくる。今度はケータイ番号だったが、仕事中だろうか、すぐに留守電に切り替わった。三件目、四件目。立て続けにかけていくが、思うように成果が出ない。

平日昼間なので在宅率は低いし、つながっても「なんですか、今頃そんなこと」と不愉快そうに言われたり、「本当にななな銀さん？」と疑われたり。営業をやっていても感じたが、今のご時世、顧客に電話一本掛けるのも簡単にはいかない。

それでも、昼までに連絡が取れた顧客のうち、偽札があったり、五〇ドル紙幣《しへい》の使用に際して何か不都合なことが起こったり——という事例は見当たらなかったから幸いである。

「今のところ連絡がつかないのが半分くらいか」

いったんすべての顧客に電話を掛け終えた時点で情報を集約すると、矢岳の言う通りの結果になった。希望では三分の二くらいは済んでほしかったが、現実的にはこんなものだろう。

「電話番号の未記載が五件……これはあとで訪問調査をするとして、他のところは昼とか、夕方とか、時間をずらしてかけてみようか」

「はい」

そうして方針を決めたあと、高と多岐川は先に昼休みに入ることになった。

いつもより少し早い時間だったが、午前中にかなりの集中力を使ってしまったのでありがたい。朝から気温が上がっていたから余計だ。シャツの袖《そで》をまくったままロッカールームに降り、弁当袋をひっつかむ。今日は多岐川を見習っておにぎりを携《たずさ》えてみたのだ。それだけでは足りないので、食堂にあがって小鉢《こばち》とみそ汁を調達。十一時半の食堂はガラガラだったが、間もなく本店から昼休み第一陣が押し寄せてくると分かっていたので、高は先に弁当を広げていた多岐川の向かいに座らせてもらった。傍《かたわ》らには、以前高に渡された、赤白ボーダーのランチバッグ。最近気づいたが、多岐川の持ちものは赤いものが多い。

「そう言えば、こないだはごちそうさまでした。サンドイッチ、すっげーうまかったです」

高が声をかけると、多岐川は一瞬きょとんとした顔で高を見あげたあと、ふっと表情をやわらげた。

「こちらこそ。バッグ開けたらお菓子が詰まってたからびっくりした。ありがとう。気をつかわなくてよかったのに」

「いいえ。心ばかりのお礼です。あの弁当のクオリティからすると全然足りないですけど」

「足りないどころかもらいすぎよ。でもうれしかった」

うれしいときには素直にそう言うんだなあ、とひっそり感動しながら、高は内心でぐっとこぶしを握った。サンドイッチのお礼にと詰めておいたコンビニお菓子。クッキーとチョコレートと塩せんべいを入れておけばひとつくらいは本気でよろこんでもらえるだろうと思っていたが、予想以上のリアクションである。

いい気分で今日の多岐川の弁当に注目していると、キャベツとカニカマ、コーンのコールスローをあふれんばかりにはさんだサンドイッチが現れた。どうもパンが好きなようだ。

「弁当すごいっすね。いつもそういう感じなんすか」

「ええ、まあ。前日の残り物をはさむことが多いけど。小林くんこそ、おにぎり自分で握ったの？　きれいにできてる」

「型で抜いただけですよ。具はバイト時代に教わったやつで」

「バイト？　何してたの？」

「おにぎり専門店で販売やってました。好きなんです、おにぎり」

ひとつは定番のツナマヨである。ワサビ醤油《じょうゆ》を少し入れるのがポイントだ。

もうひとつは表面に味噌を塗ってトースターにかけた、焼きおにぎり風。海苔《のり》の代わりに青葉で巻いたのだが、焼いている途中であまりにいいにおいがして、うっかり家で食べてしまいそうになった。どちらも学生時代、バイト先のおばちゃんたちが教えてくれたものだ。

米はいい、と高は思う。お腹いっぱい食べたら、しあわせな気持ちになる。

父が生きていた頃は、一緒に父の実家に行って、田植えや稲刈り、その合間の草払いなんかを手伝ったものだ。そういう日の昼ごはんは田んぼの畔《あぜ》でおにぎりと決まっていて、単なる塩むすびでもとびきりうまいと感じた。

「小林くんは、『好き』を動機にできるのね」

そういえばもうじき田植えだな――などとぼんやり考えていると、ふいに多岐川がそんなことを言った。言いたいことがよく分からなくて「どういうことですか?」と聞き返すと、

「おにぎりが好きでバイト先決めて、部長に一目惚《ひとめぼ》れして文芸部に入ったんでしょう? いいわね、そういうの。ちょっと羨《うらや》ましい」

「……そう、ですか?」

そんなのふつうじゃないのか。何が羨ましいのか。あまりピンとこなかったが、「いい

わね」と言われるのはなんとなくうれしかった。仕事でお褒《ほ》めの言葉を頂戴《ちょうだい》するのとはまた違う。じんわりとした歓喜がこみあげてきて、もっと褒められたくなってくる。しかし他に褒めてもらえそうなことが浮かばなかった。悔《くや》しいことに。

「おう、お疲れー」

おにぎりを食べ終えたところで、カレー定食を手にした堤《つつみ》が合流した。彼が所属する業務班は、朝から本店に入って職員ひとりひとりと面談をしているはずだったが、昼の交代を考慮《こうりょ》して一時中断になったと、聞く前から彼は説明する。

「何か分かりましたか？」

たずねる多岐川に、堤は大げさに首を振って見せた。

「収穫ナシ。そりゃそうだろ。吐いた瞬間懲戒《ちょうかい》解雇だ、誰が馬鹿正直に告白するか」

座るなり彼はスプーンを構えて、サラダでもなくカレー本体でもなく、なぜか福神漬けに狙いを定めた。すぐにポリポリ、いい音がしてくる。

堤はこんなふうで緊張感がまるでないし、面談、というとなんとなく三者面談のようなイメージを喚起するが、実際行われるのは刑事ドラマで見る取り調べさながらの聴取《ちょうしゅ》である。鍬崎《くわさき》のときと同じで、狭い部屋に連れこまれ、ねちねちと細かいことを聞かれる。体験したことはないが、嫌だろう。特にこんな、見た目が怖い人に当たったらたまらない。

「疑わしい人もいないんですか？」

ハンカチで口元を押さえながら多岐川が問うと、堤は口の端を引き上げ、意味深に笑った。

「ま、絞《しぼ》られはするよな。特に外貨は出納係が全部管理するからな。実質そこに就《つ》く人間しかすり替えはできねえ」

「でも、出納係もひとりの担当者が継続してやることはないでしょう？　今はどれくらいかしら。四、五人で交代で回してる感じですか？」

「だいたいそんなもん。ほとんど中堅以上がやってんだけど、ひとりだけ若いのがいるんだよなー。年度末から出納係始めたばっかのやつで――なんか彼女と遠距離で？　毎月けっこうな交通費かけて会いに行ってる健気《けなげ》なやつ」

聞き覚えのある話に、高はうん、と眉《まゆ》を寄せる。

「毎月遠出じゃ金かかるよなー。まだ若けえし。金の使い方分かんねえだろうしなー」

「――ってそれ津田くんじゃないですか！」

思わず声を大にしてしまった。本店にいる遠距離恋愛中の若い職員なんて、二人はいない。堤も、先日高が津田と親しく言葉を交わすのを見ていたからそんな言い方をしたのだろう。

「え、津田くん疑われてるんですか？」

動揺《どうよう》する高に、堤はあっさり「おおよ」と答えた。

「鍬崎が議員の奥さまに頼まれた外貨、買ったときに金庫から出してきたのあいつだった」

「いや、ありえないっす！　津田くん、前に割り勘して五〇〇円足りなかったの、半年後にきっちり返してくれたんですよ？　絶対ない！」

「んなこと知らねえよ」

うるさそうにそっぽを向いて、堤はがつがつカレーを食べる。

「ちょっと、俺本店行ってきます。納得いかな――」

「小林くん」

くさびを打つように、多岐川が高の名を呼んだ。振り向けば、形のいい二つの目がまっすぐに高を見る。

「あなたの担当は個人取引の調査。行員の調査は対象外」

「……でも、津田くんホントいいやつで」

「監査部に感情は不要」

多岐川は言った。聞き覚えのあるセリフだ。今まで何度か耳にしたが、高はあまりそれが好きではなかった。何度聞いてもやっぱり同じだ。好きになれない。

高は、顎《あご》を引いた。喉元《のどもと》に刀でも突きつけられている気分だった。

「……そういう言い方することないじゃないですか」

「要らない同情心で支店に迷惑かけたこと、忘れた？」

寸分も視線をずらさず、多岐川はそう返してきた。痛いところを分かってあえて刺してくるような、容赦《ようしゃ》ない口調だった。

「……キツ……」

思わずそう漏《も》らしたとき、ずずず、と、堤が品のない音を立てて水を飲んだ。

「タッキー、飯がマズくなる」

「ごめんなさい。外します」

多岐川が素早く弁当を片づけた。カツカツと遠ざかる、攻撃力の高そうなヒールの音。

「……おい、生きてるか」

「はい、なんとか……」

堤の問いかけに、高は声を絞《しぼ》るようにしてそう答え、どす、と椅子《いす》の背に身体《からだ》を預ける。

そうして正面に見た窓の外。憎たらしいほどきれいな青空が広がっていた。

ナノハナ支店を困らせていたモンスター級のクレーマー若村俊子は、四〇代の主婦だった。

離婚して三人の子どもを育てることになったけれど、正社員の仕事がなかなか見つからず、パートを掛け持ちして、忙しくてたまらないけど、月一回集金に来る高と話をするのがいい気分転換になる、と苦笑いしながら言っていた。――最初のうちは。

しかし次第に肉体的にも精神的にもくたくたになった彼女は、集金以外の用事でも高を呼び出すようになって、月に一回が二週に一回、やがて週一になり、三日に一度になった。

あれこれと話を延《の》ばされて一回当たりの滞在時間も長くなってきた頃、高もあまりよくないと思って、毎日空き時間ができないようにアポイントを詰めこむ、という対策を打ったが、それでも業務用携帯電話には頻繁《ひんぱん》に着信が入って、他の顧客《こきゃく》を訪問している間対応できずにいると、ついに、支店の方にクレームが入るようになった。

その内容はあまりに常識はずれで、度が過ぎていて。今だからこそ、彼女が精神的に不安定になっていたからおかしな行動に走ったのだろうと推測できるが、当時は目の前のことでいっぱいいっぱいで、そこまで頭が回らなかった。

度重《たびかさ》なる苦情に、これは営業妨害だ、と支店の同僚たちは言った。高の業務用携帯電話の着信履歴《りれき》を見、これはもうストーカーだと恐ろしがる人もいた。警察に訴え出れば、何かしらの対策がなされ、早い段階でクレームがやんだのかもしれない。

だが、髙は最後までその決断ができなかった。

髙の家も早くに父親が亡くなっていて、母親ひとりで家を守ることがいかに大変かを分かっていたから。そして、母親が警察の世話になるような事態になったら子どもたちはどうなるのか、と考えてしまったからだ。

——要らない同情心で支店に迷惑をかけた。

多岐川の言うことは、ある一面から見れば間違っていないと思う。だが、だからと言って自分が間違っているとは思いたくなかった。こんな自分は甘いんだろうか。

昼休み明けは、ただただ憂鬱《ゆううつ》な気分だった。

席に戻れば目の前に多岐川がいる。髙たちと入れ替わりで矢岳が休憩に入るはずだから、少なくとも一時間は二人きりである。我慢を覚えることが大人になるための必須《ひっす》条件だとは言え、その状況はけっこう苦痛である。一時間前まではふつうだったから、なおさら。

「……堤さん、今日飲みに行きませんか」

「アホか、この非常事態に。顰蹙《ひんしゅく》買うぞ」

「……すいません……おっしゃるとおりです……」

肩を怒らせ歩く堤の後を、トボトボとついていく。他に楽しみを作れば気が紛《まぎ》れるかもと思ったが、そう言えばそんな悠長《ゆうちょう》なことを言っている場合ではないのである。

そして、そんなことにも気が回らない自分に嫌気がさす。

「あー、もう俺サイアクっすね……」

下を向いたら、脳天にこぶしが落ちてきた。

「バーカ。へこみすぎだ、うっとうしい。いいか、覚えとけ。俺は突発では付き合えねえの。娘のお迎え行って飯作って風呂入れて寝かしつけて――とにかく忙しいんだよ」

そうでした……としょぼくれると、堤は堤で苛々《いらいら》しているのか、さらに語気を強め、

「だいたいおまえも悪いんだからな。同じ同期でも鍬崎はきっちり疑えて、なんで津田は無条件に信じるんだよ」

「……そう言われると返す言葉もないです……」

「タッキーも言葉が足りねえんだよ。せっかちちゃんめ」

堤にかかればあの多岐川も「せっかちちゃん」か。ちょっと気が抜けて、髙は笑った。

「俺もそれぐらい気楽に多岐川さんと付き合いたいっすね……」

異動して半月たってずいぶん馴染《なじ》んだつもりだが、まだまだだ。もっとかわいがられる

後輩にならなくては。

知らぬ間に歪んでいたワインレッドのネクタイを整え、堤と並んで監査部に入る。デスクでは矢岳が「おかえり」とにこやかに出迎えた。多岐川はまだゆっくりしているのか姿が見えないが、ホッとするよりもむしろ落ち着かない。生殺しの気分だ。

「えーと、お先に休憩いただきました。矢岳さんも、どうぞ」

「うん。タキさんがしばらく席を外すから、電話番頼むね」

「え……なんかあったんですか」

「ちょっと気になることがあるって言うから、調べてもらうことにしたんだ」

はあ……と肩透かしに遭《あ》った気分で多岐川のデスクを眺める。伝票がきちんと積まれている以外、机の上に出されているものはない。

「……俺、避けられたんすかね」

矢岳が休憩に入ってから、高は堤と顔を見合わせた。

「タッキーが気をつかったんだ、ということにしてやれ」

堤が自分の席に戻り、高に背中を見せた状態でくっと笑う。

「小賢《こざか》しいねえ」

午後からも、ひたすら電話攻勢だった。

途中、矢岳がミーティングに引っ張られたので、ほとんど高ひとりでの作業である。

午前中につながらなかった顧客に、再度連絡を取り、フラれたり、つながったり、ときどき怒られたりしながら、一件一件潰していく。とりあえず、あれから疑いを含めて偽札の申告はない。

「……あと五件か」

夕方、終業時間になるとあらかた連絡がついて、未確認の顧客は五人まで減らすことができた。いや、高が最初にかけてどこかの店につながったところや、矢岳・多岐川がすでにあたって「不通」の付箋《ふせん》を貼っている二件を含めると、八件である。最後まで連絡がつかなければ訪問調査になるだろう。

本店の聞き取り調査もひと通り済んだのか、業務班のメンバーが引き揚げてきた。課長が部長席に報告に向かったが、顔色から察するに事態は動いていないようだ。

残念ながら――と、言っていいのだろうか、この場合。

偽札をすり替えた犯人が判明したら、監査部としては仕事をひとつやり遂《と》げたことになるのかもしれないが、同時にななな銀の信用にひとつ傷をつけることにもなる。

結果を出しても素直によろこべないのだから、監査とはなかなか難儀《なんぎ》な仕事だ。

「お疲れさまです」

終業のベルが鳴ると同時に、多岐川が戻ってきた。一瞬緊張したのは確かだが、相手は元カレと遭遇《そうぐう》しても逃げなかった多岐川である。高も気まずさを呑《の》みこみ、できる限り軽快な調子で「お疲れさまです」と返す。続けて、「どうでしたか、調べもの」とも。

「うん……失敗、というか……矢岳さんは？」

「ミーティング中ですけど」

そう……と、あいまいにうなずいて、多岐川は室内のあちこちに視線を巡らせた。鞄《かばん》こそ机に置いたが、座ろうとしない。俺のせいか。一応後ろめたい、とか思うくらいの感情はあるのか……などと考えたが、多岐川は何かあきらめたように椅子《いす》を引き、座ろうとして──

「──小林くん」

半端なところで固まり、声を一段低くした。たちまち高の脳裏《のうり》で警報が鳴る。そろそろ分かってきたのである。こういう「小林くん」は小言《こごと》の始まりであると。

「……な、なんでしょう……」

「これ、はずしちゃったの？」

多岐川が眉間《みけん》にしわを寄せて示した「これ」とは、偽造紙幣《しへい》発見店舗《てんぽ》から集めた外貨両替伝票の写しである。午前中はそれぞれの支店ごとにダブルクリップで留めていたのだが、いちいちめくるのが面倒で、連絡がつかなかったものだけ抜き出したのだ。

高は、唾《つば》をのんだ。

「……ダメ、でしたか。あ――ああ、ダメですね。個人情報っすもんね！　束ごとに枚数管理しますもんね！　すいませんでしたっ！」

自ら気づいて、高は抜き出した伝票控えをかき集めた。一応元あった場所にピンクの付箋を貼っておいたから、戻すのは難しくない。今ならまだ罪も軽い――そう信じたい。

「待って」

最後の一枚に手を伸ばしたところで、さながら競技カルタのような勢いで多岐川が横から伝票を奪っていった。

「ど、どうしました……？」

「今のもう一度見せて。全部。なんか違和感がある」

違和感？　と、聞き返して、高は再び伝票を並べた。「違和感」を意識して見ると、すぐに気づく。

「……この三枚、筆跡が似てますか……？」

「ええ。数字の書き方が特徴的」

「ですよね。１はわざわざ上が折ってあるし、０とか、こう、発芽玄米《はつがげんまい》みたいで」

「発芽玄米⁉」

おうむ返しにした多岐川が、目を剝《む》いた。

例えば一〇〇万という数字を書くとき、ゼロの上部をつなげて書く人がいる。そんな感じで一ケタのゼロでも上部にピッと小さな払いができている、という状態をそのまま表現したつもりなのだが——なぜか多岐川、笑い出した。

「発芽玄米——発芽玄米……！　あははっ！　発芽玄米！」

どうもツボに入ったらしい。多岐川は大きな口を開けて、顔いっぱいで笑い始めた。

高は、ぽかんとする。多岐川がここまで大きく表情を動かしたのは、はじめてだ。クールなイメージが先行しているが、実はなかなか豪快な笑い方をするらしい。そんな発見に驚くと同時に、なぜか少しほっとする。

しかし、笑われ過ぎてよそのデスクからチラチラ視線を向けられ始めた。

「えーと、多岐川さん、笑いすぎです」

「あ、ごめんなさい。——うん、そう。筆跡が似てる」

いつの間にか涙まで出ていたのか、多岐川は目元を拭《ぬぐ》い、改めて伝票を注視した。

「でも住所氏名はバラバラね。電話の結果は……三件とも『不通』？　出る出ない以前に電話自体がつながらないのね」

「はい。田中さんは俺がかけました。電話番号書き間違ったんでしょうね、どこかの店につながりましたよ。田中さんもいませんでした」

「そうなの？　わたしがかけた上田さんも別人のケータイ番号だった。わたしもお客さまの書き間違えだと思ってあまり気にしなかったけど……」

互いに顔を見合わせる。

「なんか変すね」

「ええ。気持ち悪い」

――気持ち悪い。かつてお客さま相談室の土井室長も使った言葉だ。他の金種はなんともないのに、五〇ドルにだけ偽札が出るのが「気持ち悪い」と。

あのときはピンとこなかったが、今なら分かる。その気持ち悪さ。

「実はわたしが今調査してきたところ、全部住所が実在してなかったのよ」

「は？　調査したところって……」

「電話番号の記載がなかったところ。全部本店扱いで、この近隣の住所ね。下調べのつもりで地図を開いたけど該当《がいとう》する番地がなくて、ちょっと変だと思って見に行ってみたの。

結局ナビでもヒットしないし、近くの交番でたずねても分からないって言われた。名前は全部別人だったけど——」

　言いながら、多岐川が伝票の束をあさった。そして青い付箋を貼ったものを並べて、「やっぱり」と険しい表情をする。髙もそれらを確認し、妙な寒気を感じた。

　電話番号未記載の伝票も、「0」がもれなく発芽玄米になっていたのだ。

「これは……同一人物が偽名使ってるってことですか。よく見たら、名前も似てますもんね」

　並べてみてようやく気づく事実だが、書かれた名前は田中、山田、中田、上田……と、ありふれた苗字に、一郎、二郎、太郎、次郎……という、こちらもありふれた名前が続いている。偽名を名乗るにしても、複数の人間がそれぞれ考えたというより、ひとりの想像力の範囲内であれこれ組み合わせた、と考えた方が自然な名前ばかりである。

　多岐川も同じように考えたのか、伝票をにらみながら深くうなずいた。

「可能性は大いにあるわね。その、電話が不通になってる三件、ひとまずネットの地図で住所検索してみましょう」

「はい。俺、スマホ取ってきます。自販機の前あたりで待っててください」

　髙はそう言い置いて、一度監査室から飛び出した。

コトリのデスクにもパソコンはあるが、顧客《こきゃく》情報の漏《ろう》えいを防ぐため、行内のパソコンのほとんどが外部のネットワークとの接続を制限されている。よって、必然的にスマホを頼ることになるのだ。そして、「事務フロアに私物は持ちこまない」という習慣がすっかり身についているので、高のスマホはロッカーの中。一階にあるロッカールームまで全力で駆ける。

そうして急いでスマホをとって戻ると、廊下《ろうか》の突きあたりにある自販機前の休憩スペースでは、多岐川に加えて矢岳も待ち構えていた。

「小林くん、なんか変なんだって？」

「はい。とりあえず住所検索してみます！」

高はすぐに地図アプリを起動させ、伝票からメモしてきた住所を検索した。

まず高がかけた「田中一郎」の住所は、実在した。地図で見ると、電話口で聞いた通りの店名『サロンハロア』という名前が表示される。しかしここに「田中一郎」はいないのだから、結局は虚偽の記載ということだ。

そして多岐川が電話をかけた「上田太郎」の住所も、実在。ただしそこには専門学校が建っていることになっている。電話に出た相手も聞き慣れない訛《なま》り言葉を話す中高年の女性だったというから、こちらも住所・氏名とも真っ赤な嘘ということである。

最後は、矢岳がかけた「山田次郎」。こちらも住所は実在していた。ヒナゲシ支店の管《かん》轄《かつ》内で、以前黒沼みずほを訪問したときに目印にした、県立大学の近くだ。地図上で見る限り一軒家のようであるが、周辺は小さな店が密集しているようなので、商店街の一角にも見える。

「矢岳さん、この山田さんって、別人にかかったんですか?」

「いや。『現在使われておりません』って。固定電話だったから、一か月の間に家を引き払って海外に渡ったのかな、と思ったんだけど」

「ここ、訪問調査しましょう!」

多岐川が声高く提案した。

「筆跡はよく似てて名前は偽名っぽくて、電話も通じない。完全に怪しい。だから何だって言われると説明できないんですけど……怪しいものは全部潰しておかないと本店の人たちを疑えませんよね?」

多岐川が焦ったように早口になって、高は、丈の合わない服を無理やり着せられているかのような違和感を覚えた。

多岐川は津田が疑われていると聞いて否定しなかったのだ。それはイコール多岐川も津田を疑っているということだ、と当たり前に思ってしまっていたが——違うのか。

「わたし、行ってきます」

「あ……俺、俺も！　行きます！」

すぐに多岐川が動き出して、高も思わず後を追った。

頭の中は整理されていない。だが、今、どうしようもなく走り出したい気分だった。そして、走り切ったら何か見えるような気がする。

「――二人とも、待って待って」

矢岳の声が廊下に響き、高も多岐川もいったん足を止めた。追いついてきた矢岳は困り顔である。

「今からの訪問調査は許可しないよ。遅くなるし、相手方にも迷惑だよね」

多岐川が口をつぐんだ。矢岳の言うとおりだからだ。ならばと高は言った。

「じゃあ俺、今日はもうあがります」

とたんに、は――と、多岐川に冷たい顔をされた。想定内である。高はへらへら笑い、

「ちょっとドライブに行きたい気分なんですよね。多岐川さん、ヒマなら一緒に行きません？　県南の方に、二時間くらい」

多岐川の睫毛《まつげ》が一度大きく持ち上がった。くちびるの端もぐっと上向きになり、

「いいわね。――机片づけてくる」

多岐川は、すぐさま監査室に飛んで帰った。さすが、理解も早ければ行動も迅速《じんそく》である。

「というわけで、多岐川さんとドライブデートしてきます」

高は矢岳の方に振り向き、極上《ごくじょう》の笑顔でそうふざけた。少しくらいは咎《とが》められるかと思ったが、矢岳は軽く腕組みしながら「いいなあ」とノッてくれて、

「……もう心配しなくていい？」

ふいにそんなことを言い出した。すぐに思い当たることがなくて、高は首をかしげる。

「なんのことですか？」

「なにって、昼にタキさんに怒られたんだよね？」

指摘されてハッと思い出す。

「すいません、頭から消えてました。……でも、はい。注意されたのに、俺、そのとき素直に聞けなかった、です……。多岐川さん、愚痴《ぐち》ってましたか？」

「むしろ気にしてた、かな。タキさんに何て言われたの？」

「監査部に感情は不要とか、そういうやつです」

「ああ、タキさんのモットー」

「はい……俺、実はあんまりよく分かんないです、あの考え方」

さっきの多岐川の言い草でさらに分からなくなった。感情は不要と言いつつ、あの人の

ハートは熱い気がする。

「小林くんは夕キさんの考えを理解したい？　それとも否定してほしい？」

「いえ……否定してほしいとかいうんではないです。人の考えなんで。でもわけ分かんないまま言葉通り受け入れるのもなんか違うと思ってます。だから多岐川さんの言ったことを自分の中でうまく片づけたいんですけど……営業と監査で考え方が違うなら、今の俺じゃ正直落としどころ見つけられなくて。そのうち分かるのかな、みたいな」

考えがうまくまとまらずに、高は頭をかいた。

言われた直後は気持ちが腐ってしまっていたが、今はもう落ち着いた。しかし万事理解してすっきりしたわけでもない。かと言ってそのことばかり考えているほどヒマでもない。思えば就職してからそんなことばかりだ。あいまいなまま保留にすることが増えた。そしてそれがいいことか、悪いことかも判断がつかない。

と、そんなことをぐるぐる考える高に、矢岳がふわりと笑いかけてきた。

「そういう考え方ができるなら大丈夫だね。――なんだ、結局タキさんのやったことは大正解か。さすがだな」

途中から急に砕《くだ》けた口調になって、高はまたも首をかしげた。

「何が大正解なんですか」

「小林くんの『退職願』を握りつぶしてうちに入れたこと」

「は――え？　それ、多岐川さんが、ですか？　矢岳さんじゃなくて？」

「僕は小林くんが辞めたいならそれでいいと思ってた人」

え――と聞き返したまま、高はいっとき言葉を失った。

恩人と信じていた人に笑顔でそんなことを言われたのだ、立て続けに階段を踏み外したようで、驚きもしたし唖然《あぜん》とした。嘘だろ、とも思った。

しかし、矢岳は訂正《ていせい》しない。誤魔化《ごまか》しもしないし釈明もしない。それは、真実なのだ。悟ると同時に、以前提に言われたことが腑《ふ》に落ちた。転職をほのめかしたときに言われた言葉だ。「多岐川の顔に泥を塗るな」。やっと意味が分かった。

「……え、待ってください。多岐川さんって、そんな、人事に口出せるほど権力持ってるんですか？　女性管理職候補だから？　そんな優遇されるんですか？」

「違うよ。タキさんが持ってたのは権力じゃなくて交渉力。自分の立場をわきまえたうえでうまく交渉した結果が今ここにある」

「……交渉って、何やったんですか、多岐川さん……」

だんだん怖くなってきたが、知らないままでいるとそれはそれで怖い気がして、高は訊いた。大したことじゃないよ、と、矢岳は軽く答えた。

「会議の場でひと言言っただけ。自分もそろそろ部下を持ちたいって」

「…………それは…………」

「言い方が絶妙だよね。タキさんにそう言われたら上は黙るしかない。僕もね」

「あ……はは……」

髙は、笑った。笑いながら、頭を抱えた。いつだったか津田が「多岐川さん、上層部に挑戦状叩きつけたらしいよ」と言ったのも、このことなのだろう。なんてことだ。勘違いしていた上に本当の恩人に対してずっと苦手意識を持っていたとか、馬鹿みたいである。

「矢岳さん……そういうの、早く言ってください……」

「うーん……でも、切り札は使いどころが肝心《かんじん》だからね」

矢岳がまたよく分からないことを言う。なんだよもう、俺そろそろ処理しきれないんですけど。恨めしい思いで矢岳を見つめると、いつも菩薩《ぼさつ》のように穏やかなこのイケメン上司は、今日も絶好調にまばゆい笑みを浮かべてこう言った。

「この話聞いちゃったら、小林くん、もう辞めたいなんて言えないでしょ」

ゴーンと、どこかで鐘が鳴ったような気がした。

うすうす感じてはいたけれど、この人、けっこう、曲者《くせもの》か？

髙がひっそりと息を呑《の》むと、それすら見透かしたように彼は笑う。

「ごめんね、僕こういう人。だからコトリの仕事もやれちゃうんだよ。がっかりした？」

この状況下で「いいえ」としか言えない問いを投げてくるのがまたえげつない。

だが、失望するほどではない。矢岳には異動直後からやさしくしてもらっているし、仕事も丁寧《ていねい》に教わった。フォローも散々してもらった。それが多岐川のごり押しに付き合わされたために仕方なくしていたことだとしても、高が彼から受け取ったものはどれも本物。そこを間違えないだけの判断力はある。

「矢岳さん。正直に言ってもらっていいですか」

「うん？　なに？」

「俺の存在って目障《めざわ》りだったりします……？」

肯定されたら今夜はちょっと深酒してしまいそうな問いかけに、

「全然」

矢岳は弾むような口調で答えた。

「経験値ゼロの人材をタキさんがどう育てるのか楽しみだなあ、と思ってるし、そういうの察して肩に力が入ってるタキさんを見てて面白いよ。小林くんも一生懸命でかわいいしね。おかげさまで楽しいよ、毎日」

――性格悪いね、僕。そう言ったわりに悪びれることもなく、かと言って自虐《じぎゃく》しているようにも聞こえない、コトリ班班長・矢岳瑛一《えいいち》。

「タキさんをよろしく」

軽く背中を叩かれた高は、胸の内で渦巻《うずま》くものをいったん丸ごと保留にして、うなずいた。

「頑張ります！」


それからすぐに机を片付け、多岐川と連れ立って本部を出ると、たまたま帰宅途中の津田に出くわした。高が声をかけると一度は笑いかけてきたものの、彼の表情はみるみるうちにかげり、

「小林くん聞いてよ、俺完全に疑われてるんだって……！」

「聞いてる。でも何も後ろめたいことないだろ？　堂々としてればいいんだよ」

「でも俺ばっか話聞かれるんだ。今日もずっと拘束《こうそく》されててさ……」

前髪に指を差しこみうつむいた津田は、本当にいいやつなんだろうと思う。面談で監査官に言われたことを真に受けて、げっそりしてしまっている。

「ごめんな、津田くん。俺もそっちの調査に入りたいんだけど、担当外だからって干渉で

きないんだ。でも津田くんのことは信じてるからな。気分悪いこと言われても気にすんな」

「うん、ありがと。じゃあ……」

津田は、弱々しく笑って反対向きに歩き出した。これまで何度も髙のことを励《はげ》ましてくれた彼である。本音を言えばすぐに追いかけて肩に手を回し、「飲みに行こう！」と誘いたいところだが、今は多岐川がいる。

「彼、本店の子よね。同期って彼だったの？」

黙っていた彼女は、津田の背中をつくづくと眺めていた。

「津田くんです。知ってるんですか」

「顔だけ。感じのいい子よね。いつもあいさつしてくれる。疑われてるの、彼だったの……」

「絶対違いますからね」

懲《こ》りずにそう言うと、多岐川はひとまず直接的なリアクションは避けて、ピンヒールをコツコツいわせて歩き出した。一瞬心の中にもやっとしたものが漂ったがこれも保留にして、髙も社宅そばの月極駐車場へと急ぐ。勤務時間外なので、今回使うのは私用車だ。

「すいません、狭い車で」

駐車場に着いて上着と鞄《かばん》をまとめて後部座席に放りこみ、助手席のドアを開けると、多岐川は「お邪魔します」と品よく中に乗りこんだ。

「かわいい車ね」

「はは……就職したんだから新車買えってさんざん勧められてるんですけどね。これ、中古なんですけど、学生んときにバイトして買ったやつで。愛着あって手放せなくて」

髙にとって人生初となるこの車は、四角い形をした黒の軽自動車だ。世の中には「男が軽なんてありえない」などと主張する大人女子が一定数いるらしいが、多岐川の反応は「いいんじゃない？」と、あっさりしている。

「本気を出して手に入れたものは大事にすべきよ」

「おう、かっけーっすね」

「ふつうでしょう。それに、わたしは軽の方が好き」

「そうなんですか？」

「ええ。だって近いじゃない」

「近い？」

何のことかと思って助手席の方を向くと、ばちっと音がしそうな勢いで目が合った。

「……なるほど、この距離で彼氏の横顔眺めたいんですね」

「おかしいなら笑っていいけど」

「今笑ったらけっこう長い時間ニヤニヤしますけどいいですか」

「車出して」

拗《す》ね顔でシートベルトを握りしめる先輩監査官。美人だけど愛想はなく、見事に着こなしているスーツは鎧《よろい》じみていて、愛用のピンヒールは確実に攻撃力が高い。小言《こごと》も多いし言葉の切れもよすぎるほどよく、堤も土井室長も彼女を小賢《こざか》しいだのかわいくないだのと言ったが──髙は発見した。多岐川の考え方はけっこう好きだ。

「あのー、多岐川さん、ちょっとお願いがあるんですが」

「ナビなら大丈夫よ。スマホで準備してる」

「いえ、そうじゃなくて。俺も矢岳さんみたいに『タキさん』って呼んでいいですか」

「──は？」

交通量の多い交差点にさしかかったのでとてもよそ見なんてできなかったが、多岐川がこちらを見ている気配がした。なんで急に。なんで今。そう思われているのは確実だろう。

髙は照れくさくて鼻先をかいた。

「俺、大学の後輩に『滝沢《たきざわ》』ってやつがいるんですよ。うっかり呼び間違えそうで実はいつも冷や冷やしててですね。いや、実際一回は間違ったんすけど」

「ああ……別にいいけど、なんでも。でもそれ、ずっと思ってたことなの？　早く言えばいいのに。……それとも怖くて言い出せなかった？」

「怖くないですよ」

どうしてそうなるのか。ちょっと笑える。

「でもわたしに声かけるとき、いつもためらうでしょう」

「バレてます？　いや、怖いわけじゃないですよ。緊張するだけで。ちゃんとしなきゃって」

「どうして。何でも言えばいいのよ。自分の中に残すものと捨てるものの線引きは明確にできてる。暴言だって冷静に聞けるの」

「そんなものですか？」

「そんなものよ。――この歳《とし》になれば」

「歳関係ないでしょ」

苦笑しながら、高はハンドルを左に切った。

壁をひとつ越えたような気がした。いろいろ保留にしたおかげだ。保留って実は大事なスキルかもしれない。スルーじゃダメだ。あくまで保留。

住所地に近づいてきたころ、あたりはすっかり暗くなっていた。周りの景色もよく分からなくなってきたのでスマホのナビ機能を起動させてみると、商店街の一角に誘導された。商店街と言っても寂れたもので、三軒に一軒はシャッターが下りているようなアーケード街だ。

ひとまず近くのコインパーキングに車を入れて実際の建物を見に行くと、該当《がいとう》する住所にあったのは個人宅ではなく、空き店舗《てんぽ》だった。中が暗いのでよく見えないが、壁に大きな鏡が貼りついたままなのがなんとなく見て取れる。通りに面した広いガラスはくもっていて、不動産屋の『貸物件』という貼り紙だけがやけに目立っていた。

「やっぱりここも嘘の住所ね。住所としては一応実在してるけど。明らかに身元隠してるわ」

空き店舗の中をのぞきながら多岐川が言う。

「矢岳さんに連絡入れます？」

ええ、とうなずいた多岐川が、すぐさま私用のスマホを取り出した。

高は、多岐川が報告するのを聞きながら周辺を眺める。

いちおう飲食店も見えるが、平日の夜ということもあってか人通りはまばらである。『発芽玄米《はつがげんまい》の人』はなぜあえてこの空き店舗の住所を書いたのだろう。適当に書いた住所がたまたまここになったということだろうか。それとも関係先なのか。

「……無駄足になりましたね」

　車に戻ったとき、高はそう言ってため息をついた。これが営業なら、「何してたんだよ」と苦言をもらうところだ。しかし多岐川は、

「無駄？　どこが。住所が虚偽記載だったことが確認できたじゃない」

　あっさり言って、シートベルトを引き伸ばす。強がりにも、励ましにも聞こえなかった。やはり、部署が違うだけでこんなにも根本的に考え方が違うのだ。

「……俺のときもそうだったんすかね」

　車を走らせ、国道を北上しながら、高はつぶやく。

「なにが？」

「矢岳さんがナノハナ支店に来たときです。俺の知らないところで、ちゃんと調査してもらってたのかな、と」

「当たり前じゃない」

　間髪《かんはつ》容《い》れずに多岐川は言う。

「何事も調べないと分からないでしょう。若村さんの件にしたって、わたしも矢岳さんも、クレーマーになるのはそれなりの原因があると思っていて、小林くんが担当なんだから小林くんが何かやったんだろうな、と思って調査を始めたけど、実際は違った。主な原因は、

精神的に不安定だった若村さんの方だった」

「はい……」

「そういうことって、事実を積み重ねないと見えてこないのよ。今回のことだって、なんかよく分からないけど怪しい人がいるって、細かいところを調べてきたからこそ気づいたわけでしょう?　無駄なんかないし、手も抜けない。それで誰かの人生変わるかもしれないんだから」

まさに人生が変わった高は、黙ったまま大きくうなずいた。

と同時に、おぼろげながら分かってきた。

自分がコトリですべきことは、自分がしてもらったことと同じなのかもしれない。

「ちなみに、なんで俺の『退職願』握りつぶしたんですか」

信号待ちでふと思いついて、たずねてみた。横目で見た多岐川は、一瞬怯《ひる》んだように首を縮めたが、高がずっと誤解していたことを告げると、調子を取り戻し、ひと息に言った。

「他人のための決断だったから」

頬《ほお》にかかる髪を耳にかけ、彼女は真っ直ぐに前を見た。前の車のテールランプが狭い車内を赤く染めている。

「小林くん、あのころ他人のことばかり考えてたでしょう?　周りに迷惑かけてるとか、

みんなに悪いとか。そういう理由で退職するのは違うと思ったの。だから止めたんだけど
——迷惑だったわね。こんな仕事しかできなくて」
「正直すげーしんどいですけど」
思わず本音をもらすと、多岐川が小さく笑った。
「営業が好きなら転職してもいいのよ。あなたは『好き』が動機になる人。そこがぶれず
に進んでいけるなら、わたしは止めない」
「辞めませんよ。それで辞めたら、俺を引っ張ったタキさんの立場ないじゃないですか」
「だから、そういうのがダメだって言ってるでしょ。人生における決断は常に自分のため
であるべき」
「俺のためですよ」
ムキになる多岐川に、高は鼻先をかきながら答えた。
たぶん多岐川には軽く聞き流されていただろうが、高はかっこいいお姉さんが好きなの
で。
いちいち格言がかっこいい先輩に褒《ほ》められ、かわいがられるようになるまでは、頑張っ
てみる所存である。今決めた。

露骨に怪しいのに何が怪しいのか分からない、そんな奇妙な顧客《こきゃく》の情報は、翌朝矢岳を通じて監査部長に報告され、「それがどうした」のひと言で軽く一蹴《いっしゅう》された。

「まあ、当然かな」

まともに取り合ってもらえず落胆《らくたん》したのはみな同じだっただろうが、デスクに戻ってきた矢岳は納得ずくの様子で、多岐川ももどかしげに髪をかきながらも同意していた。

「名前は偽名、住所も嘘、電話番号は全部ダミー。謎は謎だわ。ただ――『だからその人が何なんだ』って言われると、何も言えないのよね。あくまでその人は偽札の被害が出た店舗で五〇ドル札を買って帰った人だから」

多岐川の言うとおりである。『発芽玄米の人』は米ドルを持ち帰った人だ。被害者になる可能性はあったかもしれないが、それ以外に何があるというわけでもない。

「でも、逆に素性《すじょう》を隠して外貨を買って帰る理由って何だろうね」

「しかも買った場所がバラバラとか、意味分かんないです」

「どっちに転んでも結局よく分からないのよねー……」

それきり三人は黙りこんだ。

昨日の夕方の段階で連絡がつかなかった五人の顧客も、ゆうべ矢岳がすべて連絡をつけ、偽札混入はなかったことを確認している。直近一か月で五〇ドル札を持ち帰った顧客も、『発芽玄米の人』以外は全員に連絡が取れ、こちらも偽札は発見されていない。

唯一連絡のついていない『発芽玄米の人』は訪問調査をしたが面会不能。

魚の小骨が喉に引っ掛かったようですっきりしないが、コトリに課せられた調査は一応ここで完了したことになる。

「小林くーん。伝票の調査、追加していーい？」

コトリ班一同がモヤモヤしたまま、それでも通常業務である監査票の封入作業に没頭していると、外から帰ってきた押塚が高の元にクリアファイルを持ってきた。

「追加があるんですか」

「ちょっとね。改めて本店の外貨出納簿《すいとうぼ》チェックしてたら、本店が最後に五〇ドルを取り寄せした日と伝票の控えを取り寄せた期間にずれがあったの。その分だけ追加。三日分だよ」

「了解っす」

受け取った伝票は、全部で一〇枚あるかどうかという少なさだ。「半分もらおうか」と矢岳が手を差し出してきたが、これくらいならひとりでもあっという間に終わるだろう。

「俺が片づけます。とりあえず『発芽玄米の人』がいないか探して……」

言いながらざっと伝票をめくり、主に数字の『0』と『1』に着目しながらそれぞれを流し見していると、唐突《とうとつ》によく知った文字の羅列《られつ》が目に入り、高は凍りついた。――若村俊子。

「どうしたの?」

つぶさに異変を見てとった多岐川が、立ち上がって高の手元をのぞいてきた。ハッと、彼女が息を呑《の》んだのが分かった。「ヒマワリ支店の取扱……五〇ドルあり、か」とつぶやいたのは、横から伝票を取りあげた矢岳だ。

「――すみません、わたしです」

急に深刻そうな声音《こわね》で多岐川が言い、矢岳が素早く彼女に目を向けた。

「どういうこと?」

「以前ナノハナ支店から情報提供がありました。ヒマワリ支店に若村さんから強い苦情が入っていると。『いつものことだから』ということだったので気に留めていませんでしたが――そのときの苦情の内容が『ヒマワリ支店が偽札をばらまいている』というようなことでした」

ああ……と、高は絶望するように理解した。若村俊子の名前に動揺《どうよう》して高が受話器を落としてしまったときだ。多岐川が後を引き継いでくれて、『ヒマワリ支店あての苦情だ』

と、『だから大丈夫、気にしないで』と、言ってくれた……あのときの。

「彼女のところに偽札が回ってるのか……」

「すみません。重要な言葉が出ていたのに、警戒しませんでした。わたしのミスです」

矢岳が伝票片手に席を立ち、多岐川も続いた。一度課長席に寄り、課長を含めて彼らが向かったのは部長席だ。

「どういうことだね！」

すぐにフロアに地鳴りのような怒号が響き渡り、ようやく、高は硬直状態を脱した。動揺している場合ではない。急いで部長席に走る。

「ミスで済む話じゃないだろう！」

「あの方には前科がありすぎます。聞き流しても仕方ありません」

「そういう先入観が一番危険だ！」

多岐川の謝罪も矢岳のフォローも、部長の前では簡単に打ち捨てられた。「あの！」と高が口を挟もうとすると、怒れるモアイの目がぎろりと高をにらみつける。

「まったく、キミはとんでもない化け物を引き入れてくれたな！」

「今回の件に彼は関係ありません」

多岐川が咬《か》みつくように言い返す。その言い方が気に障ったのがモアイの目が彼女に向

き、

「キミね、この人の件では手を焼いただろう。面倒な人だということも分かっている。こっちに向かって騒いでいる分にはいいが、外部に向かって騒ぎだしたら、キミ、大変なことだ。どう責任をとる？」

「顧客対応はこちらに任せてください」

すかさず切り返したのは、矢岳だった。特に熱量をあげているわけでもない、いつも通りの穏やかさだが、「必ず解決します」と彼は言い切る。

「すみません、矢岳さん。同行お願いします」

「うん。確か若村さんのお宅まで二時間くらいかかったよね。アポ取りも移動中に並行してやろうか。空振《からぶ》りを恐れてる場合じゃない」

「はい」

部長席から離れるときには、多岐川と矢岳はすでにスイッチを切り替えていた。高のことはあまり見えていないようだった。席に戻りながら二人で段取りを組んで、戻ったらもう鞄《かばん》に手をかけている。このままじゃ置いていかれそうだ。高は、腹から声を出した。

「俺が行きます！」

矢岳が、多岐川が、驚いたように振り向いた。高はくり返す。今度はゆっくりと。

「俺が行きます。俺、若村さんとふつうに話ができます」

それが、ナノハナ支店にいて一番つらいところだった。

若村俊子はナノハナ支店にとって間違いなくクレーマーだったが、高に対して苦情を言ったことは一度もなかったのだ。集金に行けばいつも歓迎されるし、それが支店にひどいクレームの入った翌日でも、彼女はなんでもなかったかのように高を迎えた。

それは気に入られていたという言葉では片づけられないレベルだったが、とにかく、彼女は高が話しに行けばまともに聞いてくれる。事情を話せば分かってもらえる。自信がある。それなのに、高をじっと見つめていた多岐川は、ひと息にこう言った。

「来なくていい」

でも——と反論しかけると、今度は遮《さえぎ》るように矢岳が言う。

「小林くん。僕もタキさんと同じ意見。キミは行かなくていい。いや、行ってはいけない、だね。これは、業務命令。——車の鍵《かぎ》借りてくるね」

矢岳がひと足先にフロアを出て行く。やんわりとした口調だった。しかし刺された釘は鋭く、一瞬で高をひどく落ちこませる。また戦力外なのだ。肝心《かんじん》なときに。

棒立ちになる高の横で、多岐川が業務用ケータイに手を伸ばした。

「気にすることないから。言ったでしょう。わたしのミスだって」

「俺のミスです」

「どこが」

多岐川は怪訝《けげん》そうに言うが、高は——高だけは知っていたのだ。

若村俊子は無理難題を押しつけるが、苦情が事実無根だったことはない。ＡＴＭが汚れているると言ったときには確かに汚れているし、駐車場が狭いと文句を言いたくなるのは分かるくらい、時間帯によってはとても混みあっていた。むろん小さいことに目くじらを立てすぎるきらいはあるものの、彼女が苦情をつけるときには確かに何かが起こっていた。あの湯山からの電話を高が最後まで聞けていたら、違う結果になったはずなのだ。

「……ひとつのことを複数人でやるとミスが生まれやすいのよね。本店にいるときもそうだった。気をつけないとね」

つぶやいた多岐川が、いつものキャメル色のバッグを肩にかけ、廊下《ろうか》へと出て行く。高はつい、追いかけた。あきらめきれなかった。

「タキさん、お願いします。俺も行かせてください。俺、絶対できることあります」

「ダメ。あの人はなな銀にとってはクレーマー。でも小林くんにとってはストーカーでしょ」

ぐっと言葉に詰まる。相変わらず、攻めどころを間違えない人だ。そして追撃もぬかりない。正面から高の目を見て、まっすぐに伝えてくる。

「わたしたちはあなたのことを守らなきゃならない。そこは分かりなさい」

「いや、何回守られるんですか。俺、男ですよ。守られっぱなしとか嫌です」

「性別は関係ない。後輩なんだから守って当然。あなたのお姉さんたちだって無条件にあなたのこと守ってくれるでしょう？　それと同じ。わたし、あなたよりもお姉さんだから」

「その言い方――だいぶ、ズルくないですか……」

そしてこんなときだけやさしい顔をするのはもっとズルい。にっこりするとか反則だ。悔《くや》しいやらもどかしいやらで、叫びだしたくなる。

「なんて顔してるの。大丈夫だって言ってるでしょう。わたしたちもプロだから」

「……でも、こじれたらどうするんすか。タキさん、貴重な女性管理職候補なのに……将来に響いたら……」

なおもうじうじとそんなことを言うと、多岐川は大げさにため息をついた。

「あのね、小林くん。わたし、別にレッドカーペットの上を歩いてるわけじゃないの。小林くんが歩いてるその道を、少し早く歩きだしただけ。転びもするし休みもする。追い抜かれもする。小林くんだって、あっという間にわたしを追い抜くかもしれない」

「……それはないと思いますが」

「ないとか言わないでくれる？　わたしがこの先産休とかとったら……とれたら。そういう奇跡が起こったら――追い抜かれて当たり前なんですけど」

「すいません俺全力で追い抜きます」

不気味なプレシャーから思わずそう宣言すると、多岐川は満足したようにさっぱりと笑った。

「じゃあ手始めに追加の伝票の調査、よろしくね」

経過は電話するから。じゃあね――と、遊びに行くように軽やかに言って、多岐川はピンヒールで短いリズムを刻みながら階段を降り始めた。

髙は、そんな彼女の後ろ姿を眺めながら、頭が傾いたツクシみたいに廊下の壁にもたれかかる。

ダメだもう、と思った。あの人にはかなわない。


多岐川たちが発《た》ったあとも、監査部は相変わらずザワザワしていた。堤や押塚など、業務班のメンバーはしきりに本店とデスクを行き来している。

そんな中で、高は自分のできること――すべきことに集中した。

追加の伝票は思った通り数が少なく、五〇ドルが出ていないものと若村俊子の伝票をのぞけば、調査対象はわずか三枚。一件は相手が悪く、滅茶苦茶《めちゃくちゃ》に文句を言われた。しかし不思議とへこむことはなく、二件目、不審がってこちらの事情を根掘り葉掘り聞きだそうとする相手をかわすためにだいぶ骨を折り、三件目。もうすっかり見慣れてしまった『発芽玄米《はつがげんまい》』の伝票を持って、高は花山課長の元へ出向いた。

「課長。少し外出してきていいですか。気になる顧客《こきやく》がいるんですが」

「構わないが……ひとりで行くのか」

「はい。歩いていけるところで、たぶん調査にならないと思うので。ひとりで大丈夫です」

許可をもらって、高は外に出た。

伝票の名前は『田中一《はじめ》』。取扱いは本店。電話番号の記載はなく、住所欄《らん》には本店の隣の街区にあたる地名が書かれているが、地図アプリでも住宅地図でも該当《がいとう》する番地がヒットしない。一応新しい建物が建ったばかりかもしれない、という可能性を考えての調査だ。

「……ないな」

予想はしていたが、やはりその住所も架空だった。書かれた番地にもっとも近い場所でも、十分千円の大衆理容店とつぶれた薬局跡があるだけだ。

高は口をへの字にし、むう、と唸《うな》った。

おかしい、絶対におかしい。この『発芽玄米の人』には絶対に何かがあるはずだ。

疑いは強まるのに出口は見えず、焦りばかりが先行し、アスファルトを蹴《け》る足が速くなる。

多岐川と矢岳も心配だ。もう若村俊子の元に到着しているはずだ。手こずっていないだろうか。嫌な思いをしていないだろうか。早く帰ってきてほしい。

「小林くん？」

いろんな懸念《けねん》が渦巻《うずま》いてそわそわしながら信号待ちをしていると、後ろから声をかけられた。隣に並んでにこっと笑いかけてきたのは、高校の同級生・須木杏奈《すきあんな》である。

「おお、おはよ。どうした、今日休み？」

ふいの遭遇《そうぐう》に驚きながらもそうたずねると、須木は「ううん、遅出」と小さく首を振った。中央郵便局は遅くまでやっている窓口があるから、十一時出勤というシフトがあるらしい。

「大変だな。帰りも遅くなるよな」

「うん。でも慣れちゃった。人と時間合わないのはつらいけど」

そう言って、須木は黒い帆布のリュックを軽く背負い直す。ベリーショートにゆるめのTシャツ。八分丈の細身のデニム。虹色の紐《ひも》を通した白のスニーカー。性格はいかにも女の子っぽいのに、髪型やファッションが甘くないのは昔から変わらないところである。

「そうだ。ごめんな。飯行こうって言いながら延び延びになってて」

「ううん。あたしも勤務時間バラバラだし、小林くんも忙しいでしょ？　昨日夕方見かけたよ。きれいなお姉さんとバタバタして出て行くの」

「ああ、あれうちの先輩。今仕事でトラブってってさ……」

愚痴《ぐち》りたいけれども安易に業務情報は漏《も》らせない、そんなもどかしさに襟足《えりあし》をガシガシかき乱すと、「先輩かあ……」とつぶやいた須木が、大きな瞳でじいっと髙と見つめてきた。

「なに？」

「ううん。ちょっとラッキーって、思ってるかな、と思って」

「なんで」

「だって小林くん、きれいなお姉さん好きでしょ」

さすが、文芸部長に一目惚《ひとめぼ》れした時代から知っている同級生である。「それ秘密でお願いします」と苦笑いすると、須木はリュックの肩ひもを握りしめてめちゃくちゃ笑った。

笑いすぎ、とつっこんでもやっぱり笑って、それから、ちょっとだけ苦笑いした。

「小林くん、変わらないね」

「そんな簡単に変われないって」

「……変わればいいのに」

へ、と、高が横を向いた瞬間、「変わった！」と、須木が駆けだした。高いところから、電子音の『とおりゃんせ』が流れ始め、周りの人たちもいっせいに横断歩道へと足を伸ばす。

「小林くん、先行くね。またね！」

振り返り、手を振って、須木は全力で駆けて行く。

高は、そんな彼女に何か言おうとした。でも何も言えないまま、小さい背中が遠ざかっていくのを眺めるだけだ。多すぎるお土産《みやげ》を置いていかれたような、うれしいような、困ったような、不思議な気持ちで。

——こういうのも、昔のままだな。

鼻先をかく高の真上で、信号がせわしく点滅を始めた。

監査部に戻ると、フロア一帯が妙な雰囲気《ふんいき》に包まれていた。ものものしいというか、切羽詰《せっぱつ》まっているというか。ついに犯人が見つかったのかと高は押塚にたずねたが、答えはノー。

「ちょっと面倒なことになってるっぽいよ」

声をひそめた押塚は、ローラーを転がし椅子《いす》ごと高のそばに寄ってきて、

「タキちゃんたちが対応してる人がね、ゴネたみたい。会ってほしいならなな銀の失態をマスコミに公表しろって。でなきゃSNSで拡散させるって」

「SNS……そうきたか……」

ぐう、と、胸が押し潰されるような感覚がする。若村俊子がただで話に応じるはずがないとは思っていたが、要求してくるものが予想以上に大きい。

「公表するんですか」

「うん。SNSで不確定情報を拡散されるより、今ある確実な情報を報道発表した方がダメージ少ないでしょ。今日の十七時に会見だって。夕方のローカルニュースにはぎりぎり間に合わないけど翌日の新聞には間に合う、微妙なとこで手を打ったみたい」

「でも、どうなんですか。真相が見えてないんじゃ、出せる情報なんて『偽札が出た』ってことくらいですよ？　ネガティブな情報だけが独り歩きしそうな気がします」

「うん。だから……ね」

押塚が声をひそめ、部長席を見やった。花山課長と業務班の班長が呼びつけられており、「本店の聴取《ちょうしゅ》を強化しろ」と部長が指示するのが聞こえる。「多少強引でも構わないから」と。

おそらく報道発表までに目途《めど》をつけたいのだろう。同じ不祥事《ふしょうじ》でも、犯人が特定できているといないでは印象が違う。後出しで内部犯だったと公表すれば隠蔽《いんぺい》を疑われかねない。どうせ内部犯なら早く特定して公表した方がいい――そんなところだろう。

だが、強引な聴取なんてやめてくれと思ってしまう。津田の疲れた顔が頭に浮かんで、たまらない気持ちになるから。

「ただいま」

矢岳と多岐川が帰ってきたのは、十三時を少し過ぎた頃だった。

はじめて留守番した幼稚園児みたいな気持ちでずっと落ち着かずにいた高は、二人の顔を見るなり椅子を蹴倒さんばかりの勢いで立ちあがり、

「あの、どうでした、若村さん」

「うん、まあ、とりあえず札番号だけは確認させてもらえたよ。例の紙幣《しへい》と一致してた」

「え――あ、はい。そう、ですか」

うなずいたものの、高が訊きたいところはそこではなかった。変なことを言われなかったか。不快な思いはしなかったか。そこだけが心配だったのだが、二人はなんとなく目を見かわしただけで、具体的なことは何も言わなかった。報道発表の件を交渉するだけでも、相当手がかかったはずなのに。

「そうだ。小林くん、若村さんの娘さんって、知ってる？」

　掘り下げて聞くべきか否《いな》か迷う高に、多岐川がそんなことを訊いてきた。

「あ、はい。由美奈《ゆみな》ちゃんっすよね。確か今、高二……」

「そう。たまたま振替休日だったらしくて、家にいたの。それでね、帰り際に小林くんにこっそり伝言頼まれた。『ありがとうございました』って」

「は……？　俺、直接会ったことないですけど」

「うん。でも、彼女英語が得意なんでしょう？　英語弁論大会で優勝して、副賞のアメリカ旅行、行けたんですって。小林くんが勧めた積立のおかげで」

「へっ……」

　一瞬腰が抜けそうになった。

　若村俊子はナノハナ支店を本当に本当に困らせていて、高は彼女に関することについては引け目を感じてばかりだったのだ。まさか感謝されるようなことがあるとは思わない。

「まあ、その旅行のための両替でトラブルになってるんだけど……うれしいじゃない？」

「はい……はい、そうですね。うれしい、ですね」

自分の仕事が誰かの役に立っていることも、それを笑顔で伝えてくれる人がいることも、高の胸をじんわりとあたためる。ちょっと泣きそうである。

「――それで、小林くんの方はどうだった？　追加分の調査は」

「あ、はい！　それが――」

ひとしきり感動を噛《か》みしめたあと、矢岳に促されてようやく、高も午前中の調査結果を報告した。やっぱり素性《すじよう》がつかめなかった一件分の『発芽玄米の人』のことを告げると、矢岳は渋い顔をし、多岐川は「ああもう！」と苛立《いらだ》たしげに天井を仰《あお》いだ。

「ホント、何なのこの人！」

「絶対的に怪しいんだけどな。どうにか追跡できないかな……」

矢岳が机の上で指を組み合わせ、多岐川が腕組みし、高が眉間《みけん》にしわを寄せ、それぞれが地蔵のように沈黙し、考えこむ。しかしこちらが得ている情報の中でできることはやり尽している。いくら知恵を集めても新しいアイディアは浮かばない。

そうこうしているうちに、堤が嫌な顔をしてコトリの島に押しかけてきた。

「おいおい、やべーぞ。ついにモアイが動き出すぞ」

「どういうこと？」

矢岳が顔を向けると、堤は指先を振ってコトリメンバーの耳を集めて、

「うちの調査で何も出てこねえからって、モアイが直々に本店に入るらしい」

「部長が？　それ、絶対ダメ」

険しい顔で口をはさんだのは多岐川である。矢岳は特に何か言うわけではないが、顔色から察するに部長の介入を歓迎しているようではない。高は、先輩たちを見回した。

「なんで部長はダメなんですか」

「うすうす分かんだろ。パワハラ気質だからだよ」

「ああ……」

「モアイが出てったらヒアリングが脅迫《きょうはく》になりかねねぇ。仮に内部犯罪あぶり出せても、他の職員からパワハラの訴えが出るぞ」

最悪……と、額に手をやった多岐川は、すでに事が起こったかのようだった。普段からどれだけ悪名をとどろかせているのだろう、あの監査部長は。

「堤、業務班の調査で疑わしい人は見つかってないの？　少しでも可能性があるなら部長が入る前に諭《さと》した方がいいんじゃないかな」

「それがな。困ったことに調査すればするだけ誰も犯人には思えねーの。私生活に怪しい

やつはいても、職場で怪しい動きをしてるやつがいない。所持品検査も厳格にされてるしな。――さすがに、下着の中に隠して偽札持ちこんでたら発見が難しいだろうが……」

「下着に押しこんでたら少なからず折り目がつくから、すぐにバレると思います」

多岐川の意見に「そう、それ」と指を差し、堤はどかっと背もたれに身体《からだ》を預けた。

「もうわっかんねー。ホントに内部犯かよ」

堤がぼやいたその瞬間、コトリのメンバーはなんとなく目を見かわしていた。

監査部内では内部犯説が大前提だが、少なくともこの三人はその根本的なところに違和感を持ち始めている。もちろん、『発芽玄米の人』のせいだ。しかしその人が何なのかが分からないから、「なに、どーした」と堤が見回してきても、答えようがない。

「そう言えば、堤さん。津田くんの疑いは晴れたんですか」

津田？　と堤が目の端で高を見た。「ああ」と、すぐに思い当たったのか彼はニヤリとして、

「俺も話したぞ。あいついいやつだな。おまえにはやさしい彼女が必要だって熱弁してた」

「な――なんのヒアリングしてるんですか！」

「いや、俺は息抜き係だからよ。いろいろ聞いたぞ。そうだ、おまえ郵便局にかわいい同

級生いるらしいな。あれから進展あったのか？　え？」

「……なんでそれしゃべったかな、津田くん……！」

堤にニヤニヤ笑われながら、高は頭を抱えた。進展もなにも友だちである。さっきのように偶然会えば話をするし、時間が合えば飯も食いにいく。人が集まれば遊びに行く。そんなものなのだが――この人に知られたら当分ネタにされそうな気がする。最悪だ。

「――小林くん。その同級生がいるの、中央郵便局？」

どんだけかわいーの？　見に行こうかな、と調子に乗る堤を遮《さえぎ》り、矢岳がたずねてきた。まさかこの人まで便乗するのかと軽いめまいを覚えた高だが、なぜだろう、彼はからかうどころかいつもの微笑さえも消していた。

「中央郵便局って確か外貨両替やってたよね」

「やってますね」

すかさず答えたのは多岐川である。

「ひょっとして近隣でうちと似たようなこと起こってないかな、と思ってたんだけど、ことがことだから知り合いでもいないと聞きにくいと思ってたんだよね」

矢岳が言ったときには、多岐川は立ち上がっていた。「ちょうど書留を取りに行こうと思ったんです」と続けたときには、もう鞄《かばん》に手をかけていた。高も同じ動きをしていた。

そろそろ彼女のリズムが分かってきたのだ。

「行ってきます！」

そう告げた二人分の声は、見事なほどきれいに重なっていた。

多岐川とともに郵便局に着いたとき、須木杏奈は一番端の窓口で切手を売っていた。

ロビーには順番待ちの客が列を作っていて、なかなか忙しそうだがにこやかである。姿かたちは高校時代とあまり変わらないが、丁寧《ていねい》に接客しているところを見ると、大人になっているなあと思う。が、高に気づいたらたちまち昔のままの笑い方に戻ったから、やっぱり根本は変わっていないらしい。

「同級生って、端の子？　ホントにかわいいわね。元カノ？」

「違いますよ。なんでですか」

「だって彼女うれしそうだから」

「──津田くんと同じこと言わないでください」

冗談なのか本気なのかよく分からない多岐川を列に並ばせ、端の方で待つ。多岐川はすぐに白い封筒を受け取り戻ってきたが、客が切れない。しばらく待ちそうだと思ったのか、多岐川は「貯金の方偵察してくる」と、奥の方に歩いていった。何の偵察かと思えば、スタンドに並べてあるチラシや壁のポスターなんかを見、窓口の女の子に声をかけたりしている。

と、よそ見をしているうちに、「小林くん」と呼びかけられた。他の人に窓口を代わってもらったらしい、須木がロビーに回ってきていた。当然だが、制服姿だ。高校の制服姿を見慣れているので、仕事着は少し変な感じがする。

「お疲れ。ごめん。俺邪魔じゃなかった？」

「ううん、大丈夫。何かあったかな、と思って。……敵情視察？　あの人、あの先輩だよね」

須木が多岐川の方に目を向ける。フロアをじろじろ見回す彼女はちょっとした不審者だ。

「……えーと、ごめん。たぶん同業他社に興味あるんだと思う」

「分かる分かる。あたしも銀行行ったらいろいろ見ちゃう。――で、何の用事？」

高校時代と同じように笑った須木は、ふいに、社会人の顔をした。高も気を引きしめて、

「仕事がらみで聞きたいことあったんだ。少し時間いい？」

「うん、いいよ」

入ってきた客を避けるように隅に移動し、高は声をひそめた。

「実は今うちでちょっとトラブってんだ。アメリカドルの偽札が出たって。五〇ドル札が

偽造されてたんだけどさ。ここも外貨両替やってんだよね。最近変なことない？」

「偽札？」

須木は目を見開いて驚いたものの、さすがに分かってくれている。周りの客に聞こえないよう声のボリュームを絞《しぼ》り、

「えっと……外貨の偽造は聞いたことないかな。偽造の記念硬貨とか、偽造印紙とかは一時期注意喚起あったけど」

「記念硬貨……ああ、うちでも周知があったな。両替のときは気をつけろって」

ナノハナ支店にいる頃だ。紙幣《しへい》に両替してほしい、と持ちこまれた一〇万円の記念硬貨が実は偽造硬貨だった、という事例で、よその銀行で実際に被害が出て、大々的に注意喚起がなされた結果、偽造硬貨を持ちこんだ犯人は摘発されたはずだ。

そう、そういう形の両替なら、偽造通貨が行内に入ってくる可能性がある。

だが、今回問題なのは外貨両替だ。客との間で行われるのは日本円のような両替ではなく、販売と、買取。少し意味合いが違う。

「ちなみに偽造印紙って？　印紙なんか偽造してどうすんの？」

収穫なしかと思いながら、何の気もなく高は聞いた。ついでの世間話のつもりだったが、須木は真面目《まじめ》な顔で説明する。

「金券ショップとかで転売するんだよ。未然に防げたみたいだけど、実際よそであったの。一度ふつうにお金を出して買って帰った印紙を、すぐ『券種を間違えた、交換してくれ』って言って持ってくるの。手数料をもらえれば交換はできるんだけど、その持ちこんだ印紙が偽物にすり替えられてて、それを本物と交換させようとする手口。犯人から見たら、一回払ったお金で二倍の額面を手に入れたことになるんだよね」

大した金額にはならないと思うけど……とあきれたように言う須木。

高は、そのときちょっと反応が遅れた。須木の話を自分の中でリピートしたからだ。

一度購入した印紙を――交換と見せかけて、詐取《さしゅ》する。

「……それだ」

高はつぶやいた。

え……と、瞳をまたたかせる須木に、「それだよ、それ！」と高はくり返す。

信頼できるルートから一本道で入ってくる販売用の外貨。

内部の人間が手を加えない限り偽札が入る余地はないと誰もが思っていたが――違う。

須木の言った方法を、米ドルに置き換えれば外部から偽札が混入する！

「ありがと、須木！　助かった！　今度なんかおごる！　――タキさん！」

目を白黒させる須木を置いて、高は走り出した。

重い扉が開いたような気がした。本部に駆け戻りながら多岐川に、戻ってからは矢岳に、須木から聞いた話を聞かせると、二人ともすぐに目の色を変え、

「つまり、一度正規に購入していった直後に米ドルの交換を持ちかけられて、偽札とすり替わった五〇ドル札を別の金種の真券と交換させられた、ということ？」

「たぶん。俺が見てた例の『発芽玄米《はつがげんまい》』の伝票の中に、金種のメモが訂正《ていせい》された跡があったんです。そういうことですよね。——ほら」

伝票の束から該当《がいとう》するものを抜き出す。最初に見たときは金種に迷っての訂正だと思っていたが、こうなると見当違いだったと分かる。交換に応じてしまったから、当初書き残していたメモも訂正されたのだ。

「確かに、翌日に交換の申し出があったら断るし、買い取りなら鑑別機にかけるけど、販売直後に交換と言われるとそこまではしないわ。——本来ならいったん買い取りの手続きを踏んで再販売するのが正しい取扱いだけど。お客さまによけいな手間はかけさせたくないって、思っても仕方ない。そういうサービス精神が仇《あだ》になったのね。盲点だったわ」

「支店に確認をとってみよう。そういうイレギュラーがあったら覚えてるはず」

すぐに矢岳がヒナゲシ支店に電話を入れ、高たちも他の営業店にあたってみた。

結果、『発芽玄米の人』が訪れたすべての店舗《てんぽ》で、販売直後に交換を申し出た客がいた

ことが判明した。もっとも、時間がたっているのでいつのこととは断言できないし、誰だとも特定できない。ただ、担当者が共通して証言していることがあった。

「……『お洒落《しゃれ》な見かけの、三、四十代くらいの男性』？」

華やか、とか、派手め、とか、それぞれの主観が入るので言葉は変わるが、全員の共通認識としてその客は身なりに気をつかった人物であったようだ。

「……若いのか……」

電話をしながら書き散らしたメモの数々と購入伝票の束を眺めながら、矢岳がつぶやく。

「年配の方だと思ってたんですか？」

「うん。平日にこれだけあちこち行き来するって、勤めに出てると難しいと思ってね。勝手にリタイアした人だと思ってた」

「ああ……そう言えばそうですね。不規則勤務なのかしら」

先輩二人が言うので、高は手帳を開いて前年一〇月からあとのカレンダーと伝票とを見比べた。「ん？」と眉間《みけん》にしわが寄った。

「この人が両替に来てるの、全部月曜日ですよ」

「月曜日？」

二人の先輩の声が重なり、高は大きくうなずいた。

自然、この『発芽玄米の人』は月曜日が休みなんだろうと想像する。きっと二人とも同じ道筋をたどっているだろう。そしてたぶん、その道の先に同じものが見えている。

「……昨日地図アプリで検索したとき、一件は美容系の専門学校がヒットしてたよね」

矢岳が腕組みすると、多岐川が髪を耳にかけつつ「ええ」と答えた。

「それに、昨日小林くんと見に行った空き店舗、壁に大きな鏡がかけてありました」

「ですね。ちなみに俺が電話かけた店、『サロンハロア』って言ってましたよ。サロンって、ヘアサロンのサロンすよね。そしてさっき見てきた場所、隣が千円カットの店でした」

そこまで情報がそろった瞬間、

「――美容師か、理容師」

三人が三人、そう結論を出していた。

日付順に並べればなんとなく事情が見えてくる。『発芽玄米の人』が実在する住所を書いているのは、日付が古いものだけだ。最初は昔通っていた学校なり元の勤め先なりの住所を書いて誤魔化《ごまか》していたが、ネタ切れになってきたので適当な住所を書き、電話番号を書かなくなったのだろう。

「支店の防犯カメラを確認しに行こうか。同一人物かどうか」

「そうですね。そこまで裏を取った方がいいと思います」

「俺行きます。アポ取りましょうか」

言いながら、三人が三人、動き始めていた。あちらこちらに散らばっていたものが急速に一点にまとまりそうになっている。ここで一気に攻めて確信を持ちたかった――が。

「――もう待てん！　俺が本店に出向くぞ！」

突然部長席でモアイが吠えた。――否《いな》、部長がついに立ち上がった。

監査部内に緊張が走る中、ピタリと動きを止めたコトリの三人。

静かに目を見かわし、苦笑いすると同時に誰からともなく部長席へと駆け出す。

「部長、少しお話が！」


それから三日後、地元の新聞には偽造外貨を使用したとして逮捕された男の記事が掲載《けいさい》された。そう、年度初めから監査部を振り回した『発芽玄米の人』である。

彼は思った通り県内在住の美容師で、手持ちの日本円が尽きて困っていたという外国人観光客に頼まれ、日本円と五〇ドルを交換してやったらしい。その五〇ドルがすべて同じ札番号の偽札だと気づいたのはずっと後になってからで、騙《だま》しとられた五万円をどうにかとり返せないかと悪知恵を働かせたのだ——と自供しているということだが、どこまで真実を語っているのか、怪しいところである。高なら見知らぬ外国人に万単位の金を渡すようなことはしないし、自分が騙されたからといって誰かを騙しに行こうとは思わない。彼の行動はふつうではない。いずれにしても、なな銀としては通報後の対応は警察にお任せするだけである。

「なんにしてもいい迷惑っすよね」

高はうっすらと霜《しも》のついたビールジョッキをゴンとテーブルに置いて、鼻息を荒げた。向かいの席では矢岳がワイングラスを傾け、その隣では多岐川がハイボールをごくごくと喉に流しこんでいる。大きなヤマを越えたので、慰労会《いろうかい》が開かれたところである。落ち着いた店で静かな乾杯になったので盛り上がりという点では物足りないが、こういうのもたまには新鮮でいいし、冷えたビールはどこで飲んだってうまい。

「まあ、内部犯でなければ何でもいいわ」

「それは本当に、そうだね。お客さんも納得してくれたし」

多岐川と矢岳はしきりにうなずき合っている。

偽札がいってしまった黒沼・皆鶴《みなづる》・船谷・若村のところには、あれから各支店長がお詫びに出向き、偽造券は真券と交換された。結果的に申し出どおりなな銀側が偽札を出してしまったわけだが、各人ともそれについて大騒ぎすることはなく、黒沼みずほは真券を手にしてホッとした様子で、皆鶴夫人に至っては珍事に巻きこまれたことがむしろ面白かったようで、ことの経緯を説明するのを興奮しながら聞いていたという。ある意味一番落ち着いていた船谷はやっぱり落ち着いてこちらの話に理解を示し、若村俊子は——揉《も》めに揉めたものの、娘が間に入ってどうにか解決にこぎつけたようだ。

疑いが晴れた津田はすっかり元気になり、明日飲みに行く約束をしている。鍬崎とはちょっとギクシャクしているが、まあ、どうにかなるだろう。

「小林くん。仕事、嫌になった？　今回のは特別複雑だったけど」

「それは、大丈夫です」

どこか試すような矢岳に、高はきっぱりと答えた。

「去年と勝手が違って困ることが多かったですけど、知恵と情報が集まってばーんと扉が開く感じは、なんか面白かったです」

「楽しんじゃダメね」

すかさず多岐川につっこまれ、とたんに大波をかぶったような気分になる。

ここのところ多岐川ともいい感じに人間関係が出来上がってきたつもりだが、彼女にかかればダメなものはダメ、そこに感情は不要なのだ。

はい……としょげたように返事をし、ふとスマホが振動していることに気づいて見ると、須木杏奈から『新聞見たよ。解決してよかったね』とメッセージが届いていた。すぐに『ホント助かった。ありがと。今先輩たちと打ち上げしてる』と打って返すと、『楽しい？』と聞き返され、現状をありのまま報告する。

『楽しかったけど、つい今怒られてテンション下がった。こないだの人』

少し間が空いて、須木は『でもホントはうれしいでしょ？』と書いてよこした。続けて、『ごゆっくり』と旗を振るネコのスタンプも。

「郵便局の杏奈ちゃん？」

スマホを置いて顔を上げた瞬間、多岐川に見抜かれた。その鋭さにおののきながらも肯定すれば、彼女は至極真面目《しごくまじめ》な顔をして、

「一度きちんとお礼をしておいて。今回のこと、解決できたのは大半が彼女のおかげだから」

「はい。まあ、そのうち」

「早いうちに」

語気を強めてかぶせてくる、コトリ班のきれいなお姉さん。これまで怖くないと言い張ってきたが、たまに、ちょっとは怖いと思う。もし多岐川が矢岳くらい当たりがやわらか

くて笑顔が多かったら、とっくに恋に落ちているはずだ。五〇ドル一〇枚くらい賭《か》けてもいい。

「……そう言えば、髪の長いお姉さんどこに行っちゃったんすかねー……」

ふと思い出して、高は頬杖《ほおづえ》をついた。酒が回ってきたのかふわふわしていた。

「髪の長いお姉さんって？」

そう言えば矢岳に聞いたことはなかったかもしれない。不思議そうにしているが、隣の多岐川は眉間《みけん》に彫刻刀で彫ったようなしわを作って、

「そんな人いないと言ったでしょう」

いつものように髪を耳にかけようとして、なぜかやめて、「……電話、出てきます」とスマホを握って席を立った。今鳴っていただろうか。

「どういうこと？」

カツカツといつものピンヒールの音が遠ざかり、多岐川の分かりやすい不機嫌を察知した矢岳が声をひそめた。

「大したことじゃないです。前にナノハナ支店に来た美人監査官どこに行ったのかなーってだけです。異動しちゃったんですよね？」

「ああ……そういうこと」

一度多岐川が消えた方向に目をやった矢岳が、苦笑した。

「うーん。そうだね。髪の長い女性監査官は――いなくなったね」

「ですよね。こないだ聞いたのにまた聞いたんで、ウザかったかもです、俺」

「小林くん、その人のこと気になってるの？」

「いえ、そういうわけじゃ。毎日の心のオアシスにしようと思ってただけなんで」

ぺろっと舌を出したいくらい、軽い気持ちである。目の前にあったものがなくなるとそりゃあ追いかけたくもなるが、元から手の届くところになければ惜しくもない。

それに、もうどうでもいいやという気分である。ちょっと遠くてなかなかたどり着かなくて、たまに忽然《こつぜん》と姿を消すオアシスなら見つけた気がするのだ。

――ていうか、どうしてあの人急に不機嫌になったんだ？

もしかして二人は張り合っていたのだろうか。美人監査官同士の仁義なき戦い？　なんだそれ、ちょっと見てみたかった――などと脈絡もなく考えていると、どこからか妄想が漏《も》れ出ていたのか、矢岳が肩を震わせ笑っていた。

「かわいいなあ、タキさん」

「へ？」

ジョッキを傾けたまま高は固まる。

多岐川が、かわいい？　なんだろう、その機種違いのスマホと充電ケーブルを無理やりつないでしまった感じ。絶対に何もチャージされないし、下手《へた》したら爆発するんじゃないか。

「なんか、楽しくなりそうだね」

高がおかしな想像をしているうちに、矢岳がふわりと笑う。いつもの菩薩《ぼさつ》の笑みではなかった。変に神々《こうごう》しかった。なぜだ。酔っぱらっているからか。――どっちが？

混乱しているうちに多岐川が戻ってきた。ひどい仏頂面《ぶっちょうづら》だった。

まだ機嫌は直らないのか。美人監察官とどれだけの確執があったんだよ、と、高は懸念《けねん》半分期待半分に思ったが、多岐川は席に着くなりテーブルに押しつけるようにスマホを置いて、

「――土井室長から事務連絡です」

第一声で男二人を硬直させた。

「明日朝一番で来るから、覚悟しておくように、とのことでした。今日は早く切り上げた方がよさそうですね」

そう言った多岐川は、皿に残っている料理を次々につまみ出す。

矢岳も無言であとに続いた。すでに笑顔を取り戻している彼は、少ない言葉でも多岐川

の言わんとすることを汲《く》んでいるようだ。

しかし高は、せっかちな彼女の言葉を正確に読解できている自信がない。だからたずねた。

「タキさん、それってもしかしてアレですか」

あえてあいまいにしたのは予想通りだとちょっと嫌だったからであるが、多岐川にはちゃんと意味が通っていて、彼女はぐーっとハイボールを飲み干して、頬に落ちてきた髪をさっと耳にかけ、はあっと息を吐きながらこう言った。

「もちろん——要・調査事項、です」

※この作品はフィクションです。実在の人物・団体・事件などにはいっさい関係ありません。

集英社オレンジ文庫をお買い上げいただき、ありがとうございます。
ご意見・ご感想をお待ちしております。

● あて先
〒101-8050　東京都千代田区一ツ橋2-5-10
集英社オレンジ文庫編集部 気付
きりしま志帆先生

要・調査事項です！

ななほし銀行監査部コトリ班の困惑

集英社
オレンジ文庫

2018年10月24日　第1刷発行

著　者　きりしま志帆
発行者　北畠輝幸
発行所　株式会社集英社
〒101-8050東京都千代田区一ツ橋2-5-10
電話【編集部】03-3230-6352
【読者係】03-3230-6080
【販売部】03-3230-6393（書店専用）
印刷所　株式会社美松堂／中央精版印刷株式会社

※定価はカバーに表示してあります

ISBN 978-4-08-680216-1 C0193

コバルト文庫　オレンジ文庫

「ノベル大賞」募集中！

小説の書き手を目指す方を、募集します！

幅広く楽しめるエンターテインメント作品であれば、どんなジャンルでもＯＫ！

恋愛、ファンタジー、コメディ、ミステリ、ホラー、ＳＦ、etc……。

あなたが「面白い！」と思える作品をぶつけてください！

この賞で才能を開花させ、ベストセラー作家の仲間入りを目指してみませんか!?

大賞入選作
正賞の楯と副賞300万円

準大賞入選作
正賞の楯と副賞100万円

佳作入選作
正賞の楯と副賞50万円

【応募原稿枚数】

400字詰め縦書き原稿100～400枚。


【しめきり】

毎年1月10日（当日消印有効）

【応募資格】

男女・年齢・プロアマ問わず

【入選発表】

オレンジ文庫公式サイト、WebマガジンCobalt、および夏ごろ発売の文庫挟み込みチラシ紙上。入選後は文庫刊行確約!

（その際には、集英社の規定に基づき、印税をお支払いいたします）

【原稿宛先】
〒101-8050　東京都千代田区一ツ橋2-5-10
（株）集英社　コバルト編集部「ノベル大賞」係

※応募に関する詳しい要項およびWebからの応募は
公式サイト（orangebunko.shueisha.co.jp）をご覧ください。